ALDOUS HUXLEY

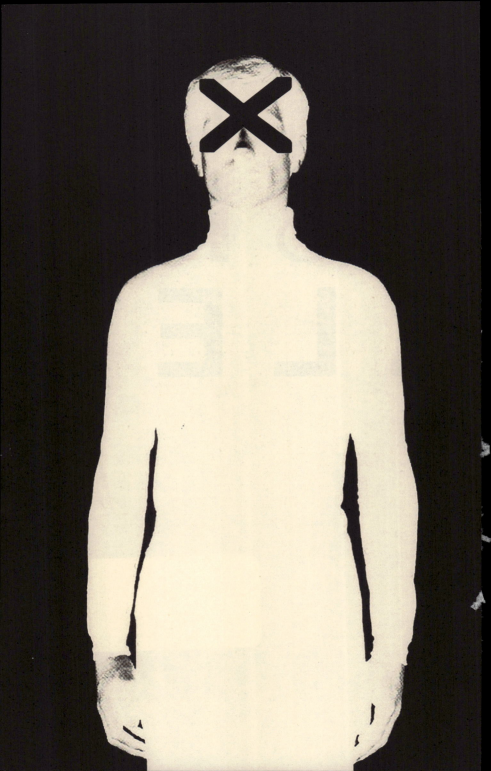

ALDOUS HUXLEY

Retorno ao Admirável mundo novo

tradução, introdução e notas
Fábio Fernandes

posfácio
Carlos Orsi

Copyright desta edição © 1958 by Aldous Huxley
Copyright da tradução © Editora Globo s.a.

Todos os direitos reservados. Nenhuma parte desta edição pode ser utilizada ou reproduzida — em qualquer meio ou forma, seja mecânico ou eletrônico, fotocópia, gravação etc. — nem apropriada ou estocada em sistema de banco de dados sem a expressa autorização da editora. Texto fixado conforme as regras do Acordo Ortográfico da Língua Portuguesa (Decreto Legislativo nº 54, de 1995).
Título original: *Brave New World Revisited*

Editor responsável: Lucas de Sena
Assistente editorial: Jaciara Lima
Preparação: Silvia Massimini Felix
Revisão: Jane Pessoa
Diagramação: Ilustrarte Design e Produção Editorial
Capa: Thiago Lacaz
Foto do autor: Marisa Rastellini/AGB Photo Library

CIP-BRASIL. CATALOGAÇÃO NA PUBLICAÇÃO
SINDICATO NACIONAL DOS EDITORES DE LIVROS, RJ

H989r

Huxley, Aldous, 1894-1963
Retorno ao Admirável mundo novo / Aldous Huxley ; tradução Fabio Fernandes ; posfácio Carlos Orsi. - 1. ed. - Rio de Janeiro : Biblioteca Azul, 2021.
21 cm.

Tradução de: Brave new world revisited
ISBN 978-65-5830-133-2

1. Ficção inglesa. I. Fernandes, Fabio. II. Orsi, Carlos. III. Título.

21-71716
CDD: 823
CDU: 82-31(410.1)

Leandra Felix da Cruz Candido - Bibliotecária - CRB-7/6135

1ª edição, 2021 — 1ª reimpressão, 2022

Direitos exclusivos de edição em língua portuguesa para o Brasil adquiridos por Editora Globo s.a.
Rua Marquês de Pombal, 25
Rio de Janeiro — rj — 20230-240 — Brasil
www.globolivros.com.br

Sumário

Introdução	7
Prefácio	13
CAPÍTULO I. Superpopulação	17
CAPÍTULO II. Quantidade, qualidade, moralidade	31
CAPÍTULO III. Superorganização	35
CAPÍTULO IV. Propaganda política em uma sociedade democrática	49
CAPÍTULO V. Propaganda em tempos de ditadura	59
CAPÍTULO VI. As artes da venda	69
CAPÍTULO VII. Lavagem cerebral	83
CAPÍTULO VIII. Persuasão química	95
CAPÍTULO IX. Persuasão subconsciente	107
CAPÍTULO X. Hipnopedia	117
CAPÍTULO XI. Educação para a liberdade	131
CAPÍTULO XII. O que pode ser feito?	147
Às portas do Mundo Novo	161

Introdução

Na década de 2020, vivendo em um momento histórico que mescla de forma bastante estranha dois clássicos da ficção científica, *Admirável mundo novo* e *1984* (de George Orwell, a quem Aldous Huxley respeitava muito e que foi seu aluno de francês), a republicação de *Retorno ao Admirável mundo novo* é muito relevante. Para começar, porque o próprio Huxley já identificava essa tendência distópica na sociedade, e ele mesmo se encarrega de traçar comparações entre *Admirável mundo novo* e *1984*. Contudo, Huxley sempre deixa claro que seu livro parece estar ganhando a corrida na direção da distopia mais provável. E faz questão de ressaltar que isso não é necessariamente bom.

O livro que você tem em mãos é o registro de um dos períodos mais conturbados da Guerra Fria entre Estados Unidos e União Soviética. Foi escrito pouco depois do lançamento do satélite *Sputnik*, em 1957, o que deflagraria a corrida espacial e a chegada dos Estados Unidos à Lua em 1969. Infelizmente, Huxley não veria os primeiros passos de Neil Armstrong na superfície lunar: morreria no mesmo dia do assassinato de John F. Kennedy, o presidente que tornou possível essa conquista americana.

Aldous Huxley teve uma vida atribulada. Era uma figura imponente, tanto em termos literais quanto metafóricos. Media dois metros de altura, era praticamente cego devido a uma ceratite contraída na adolescência, e — algo que pode parecer surpreendente para a época — manteve durante anos uma relação poliamorosa: com sua esposa, a belga Maria Nys, e uma amiga do casal, Mary Hutchinson. Como escritor, teve uma carreira prolífica, publicando cerca de cinquenta livros, além de peças de teatro e roteiros de cinema (a versão de *Jane Eyre* com Orson Welles em 1943 e a de *Orgulho e preconceito* de 1940 estão entre os mais conhecidos).

Durante anos, Huxley mostrou um profundo interesse pelas religiões e filosofias do Oriente, entusiasmo que o levaria a publicar a obra *A filosofia perene*, de 1945. Iniciou-se em meditação com Swami Prabhavananda, e foi amigo de Jiddu Krishnamurti, de quem prefaciou um livro. Quanto à política, não levantava bandeiras específicas, embora tivesse opiniões bem definidas: era pacifista e se posicionou diversas vezes contra a guerra, o que o deixou em algumas situações difíceis. Em 1953, Huxley e a esposa solicitaram a cidadania estadunidense. Mas quando Huxley, na entrevista para obter o status de cidadão, afirmou que se recusaria a pegar em armas para defender os Estados Unidos e não quis alegar objeção de natureza religiosa (a única exceção admitida nesse caso), o juiz decidiu adiar o processo, e depois disso o próprio Huxley retirou o pedido de cidadania. Chegou inclusive a ser investigado pelo Comitê de Atividades Antiamericanas do senador Joseph McCarthy nessa mesma época, mas a investigação logo foi deixada de lado, pois Huxley também afirmara sua postura anticomunista diversas vezes.

Uma leitura superficial do ensaio de Huxley pode nos levar a pensar que ele estivesse do lado do opressor, no sentido amplo da palavra. Nada mais longe da verdade: Aldous Huxley era um homem cheio de contradições, e uma delas era uma visão que — embora muito mais avançada do que a da maioria de seus contemporâneos — se baseava em ter nascido e crescido em um Império, o que a Inglaterra de fato era durante sua infância e adolescência.

Huxley nasceu nos últimos anos do reinado da rainha Vitória. Tinha seis anos de idade quando a monarca faleceu, em 1901, e viu não só duas guerras mundiais, como também acompanhou o declínio do império britânico, cujo canto do cisne ocorreu definitivamente em 1948, com a independência da Índia. Portanto, Huxley viveu a maior parte da vida em um universo dominado pelo pensamento colonialista. Não seria fora de contexto afirmar que seu privilégio fez com que se tornasse "sem olhos" para essa questão.

A alusão a seu livro *Sem olhos em Gaza* não é leviana: Huxley sofreria por anos de uma cegueira parcial, que o levaria a buscar, mais à frente, uma experiência sensorial diferente por meio do uso de mescalina e LSD-25. Levava essas experiências muito a sério: como o título de um de seus livros mais famosos, ele procurava abrir as portas da percepção. Mas as buscas dessa natureza talvez não tenham conseguido fazer muito para abrir seus olhos às injustiças do mundo. Ou melhor: seus olhos talvez estivessem abertos para isso, mas excessivamente focados em um ponto muito específico da geopolítica e da realpolitik.

Por outro lado, Huxley foi incrivelmente presciente com relação a determinados aspectos, como quando fala de educação:

> Basta dizer que todos os materiais intelectuais para uma boa educação no uso adequado da linguagem — uma educação em todos os níveis, do jardim de infância à pós-graduação — estão hoje disponíveis. Tal educação na arte de distinguir entre o uso adequado e inadequado de símbolos poderia ser iniciada de imediato. Na verdade, poderia até ter sido iniciada a qualquer momento dos últimos trinta ou quarenta anos. E ainda assim as crianças não são em lugar algum ensinadas, de nenhuma forma sistemática, a distinguir declarações verdadeiras de falsas ou afirmações significativas das sem sentido. Por que isso acontece? Porque os mais velhos, mesmo nos países democráticos, não querem que eles recebam esse tipo de educação.

Huxley também se preocupava bastante com a possibilidade de que países subdesenvolvidos cedessem à tentação do desenvolvimento e, com as novas tecnologias médicas, superassem os problemas de mortalidade infantil. Isso tende a ser lido como um certo elogio da eugenia (postura que Huxley depois abandonou), mas também preocupa, na medida em que se mostra condescendente com o Terceiro Mundo — como se este fosse um bloco único e absolutamente intransponível de ignorância e superstição. Foi uma crença que Huxley não chegou a superar, embora por toda a sua vida se visse preso a essas contradições.

Alguns livros citados por Huxley dataram. Os escritores/pensadores que propunham ideias radicais e pseudocientíficas, como W. H. Sheldon, criador do conceito de *somatótipo*, aparentemente inspirado nas ideias de Cesare Lombroso, não são mais lidos na época atual. Por outro lado, os livros do psicanalista e filósofo alemão Erich Fromm, voltados para a crítica social e humanista, ainda são bastante procurados, e isso nos diz muito sobre a mentalidade de Huxley, que buscava um conhecimento preciso (e que muitas vezes perde a validade quando novos dados são coletados), mas estava sempre disposto a aprender mais. Não é à toa que um de seus lemas favoritos era o dístico latino da Happy Valley School, de Krishnamurti e Rosalind Rajagopal: *aún aprendo*. Ainda estou aprendendo.

A maior preocupação de Huxley ao escrever este ensaio talvez possa ser resumida na equação que ele mais menciona ao longo do livro — a corrida entre o número de seres humanos e a quantidade de recursos naturais:

> Até o final do presente século, pode haver, se nos esforçarmos muito, o dobro de comida nos mercados mundiais com relação a hoje. Mas também haverá pelo menos duas vezes mais gente, e vários bilhões dessas pessoas viverão em países parcialmente industrializados e consumindo dez vezes mais energia, água, madeira e minerais insubstituíveis do que consomem agora. Em suma, a situação alimentar estará tão ruim quanto hoje, e a situação das matérias-primas será bem pior.

Embora deixe claro que *Admirável mundo novo* não propunha um cenário viável nem tampouco esperado, Huxley ainda assim queria que algo fosse feito para mitigar o sofrimento da humanidade, mas também acreditava que dar mais educação e recursos médicos às populações pobres do Terceiro Mundo prejudicaria enormemente essa equação. Em momento nenhum ele questiona as causas do empobrecimento do Terceiro Mundo e da colonização. Ter nascido no império, ainda que em seus estertores, infelizmente não lhe abriu as portas dessa percepção.

Mas Huxley não pode ser culpabilizado porque sua escrita não se revelou profética. Nenhum escritor do gênero fantástico, futurista ou de ficção científica é um profeta, mas muitas vezes ele pode ser, sim — como disse um contemporâneo de Huxley —, uma "antena da raça". Ezra Pound disse isso a respeito dos artistas de modo geral, e Huxley não fugiu a essa regra. Se em *Admirável mundo novo* ele cria uma sociedade isolada em bolhas que são pós-escassez apenas na superfície, mas deixam feridas profundas abertas, neste seu pós-escrito ele declara, com toda a franqueza, sua perplexidade em relação a um mundo que está mudando para pior, e tenta fazer o que pode para propor soluções. Hoje o mundo talvez esteja pior nos aspectos por ele levantados, e as soluções que arrisca propor estão longe de ser viáveis ou desejáveis em termos éticos, mas ele tem a coragem de fazer a pergunta clássica, repetida por muitos outros (o comunista Lênin entre eles, o que não deixa de ser uma ironia): *o que fazer?* É uma pergunta necessária, assim como este livro.

Fábio Fernandes

Prefácio

A alma da sabedoria corre o risco de se tornar o próprio corpo da inverdade. Por mais elegante e memorável que seja, a concisão jamais poderá, na natureza das coisas, fazer justiça a todos os fatos de uma situação complexa.[1] Com tal tema, só é possível ser breve por meio da omissão e da simplificação. A omissão e a simplificação nos ajudam a compreender — mas em muitos casos nos ajudam a compreender a coisa errada; pois nossa compreensão só pode ser das ideias bem formuladas da pessoa que abrevia a coisa, não da vasta e ramificada realidade da qual essas ideias são abstraídas de modo tão arbitrário.

Mas a vida é curta e a informação, infinita: ninguém tem tempo para tudo. Na prática, em geral somos forçados a escolher entre uma exposição indevidamente breve e nenhuma exposição. A abreviação é um mal necessário,

---

1 Uma referência à frase *"Brevity is the soul of wit"* [A concisão é a alma da sabedoria], enunciada por Polônio no segundo ato da tragédia *Hamlet*, de Shakespeare. Embora *wit* tenha sido traduzida de diversas formas ao longo dos tempos (como *engenho* ou *alma*), a presente tradução considera que *sabedoria* transmite com mais clareza o que Huxley quer dizer.

e o trabalho do abreviador é fazer o melhor possível com o serviço que, embora intrinsecamente ruim, ainda é melhor do que nada. Ele precisa aprender a simplificar, mas não a ponto da falsificação. Ele precisa aprender a se concentrar nos tópicos essenciais de uma situação, mas sem ignorar muitas das questões colaterais qualificadoras da realidade. Assim, poderá ser capaz de dizer não toda a verdade (pois toda a verdade, a respeito de quase qualquer assunto importante, é algo incompatível com a brevidade), mas consideravelmente mais do que as perigosas meias-verdades e os quartos de verdade que sempre foram a moeda corrente do pensamento.

O tema da liberdade e seus inimigos é de uma amplitude imensa, e o que escrevi decerto é breve demais para lhe fazer total justiça; mas pelo menos toquei em muitos aspectos do problema. Cada aspecto pode ter sido um tanto simplificado demais na exposição; mas as sucessivas supersimplificações compõem um quadro que, espero, dará alguma ideia da vastidão e complexidade do original.

Foram omitidos desse quadro (não pelo fato de não serem importantes, mas apenas por conveniência e porque já falei sobre eles em outras ocasiões) os inimigos mecânicos e militares da liberdade — as armas e o "material" que fortaleceram de modo tão poderoso as mãos dos governantes mundiais contra seus súditos, e os preparativos cada vez mais caros e ruinosos para guerras cada vez mais sem sentido e suicidas. Os capítulos a seguir devem ser lidos contra um pano de fundo de pensamentos sobre o levante húngaro e sua repressão,[2] sobre as bombas H, sobre o custo do que cada nação trata como "defesa" e sobre as colunas infinitas de garotos uniformizados, brancos, negros, marrons, amarelos, marchando obedientes em direção a uma cova comum.

2 A Revolução Húngara foi uma revolta popular espontânea contra as políticas impostas pelo governo da República Popular da Hungria e pela União Soviética. O movimento durou de 23 de outubro até 10 de novembro de 1956, quando foi esmagado pelo Exército soviético. Mais de 2,5 mil soldados húngaros e cerca de setecentos soldados soviéticos foram mortos no conflito.

Capítulo I
Superpopulação

Em 1931, enquanto eu escrevia *Admirável mundo novo*, estava convencido de que ainda tínhamos muito tempo. A sociedade completamente organizada, o sistema científico de castas, a abolição do livre-arbítrio pela via do condicionamento metódico, a servidão tornada aceitável por intermédio de doses regulares de felicidade induzida por química, as ortodoxias marteladas por cursos noturnos de aprendizado durante o sono — essas coisas estavam sim chegando, mas não seria em meu tempo de vida, nem mesmo no tempo de vida de meus netos. Não lembro a data exata dos acontecimentos registrados em *Admirável mundo novo*, mas foi em algum ponto do século VI ou VII d.F. (depois de Ford). Nós que estávamos vivendo na terceira década do século XX d.C. com certeza éramos os habitantes de um tipo cruel de universo; mas o pesadelo daqueles anos de depressão era radicalmente diferente do pesadelo do futuro descrito em *Admirável mundo novo*. O nosso era um pesadelo de muito pouca ordem; o deles, no século VII d.F., de ordem demasiada. Na passagem de um extremo para outro haveria um longo hiato, assim eu imaginava, durante o qual o terço mais afortunado da raça humana teria o melhor de dois mundos: o mundo desordenado do liberalismo e o admirável mundo novo ordeiro demais, onde a eficiência perfeita não deixava espaço para a liberdade ou as iniciativas pessoais.

Vinte e sete anos depois, nesta sexta década do século xx d.C., e muito antes do fim do século I d.F., estou me sentindo bem menos otimista do que estava quando escrevi *Admirável mundo novo*. As profecias feitas em 1931 estão se tornando verdade muito mais cedo do que imaginei. O bendito intervalo entre muito pouca ordem e o pesadelo de ordem demasiada não se iniciou e não dá indícios de que vá começar. No Ocidente, é verdade, homens e mulheres ainda desfrutam de grande liberdade individual. Porém, mesmo nesses países com tradição de governo democrático, a liberdade e até mesmo o desejo por essa liberdade parecem estar se desvanecendo. No resto do mundo, a liberdade dos indivíduos já desapareceu, ou está declaradamente prestes a desaparecer. O pesadelo da organização total, que eu havia situado no século VII d.F., emergiu do futuro remoto e seguro e hoje espera por nós logo ali na esquina.

O livro *1984*, de George Orwell, foi uma projeção ampliada para o futuro de um presente que continha o stalinismo e um passado imediato que havia testemunhado o florescer do nazismo. *Admirável mundo novo* foi escrito antes da ascensão de Hitler ao supremo poder na Alemanha e quando o tirano russo ainda não havia mostrado a que viera. Em 1931, o terrorismo sistemático não era o fato contemporâneo obsessivo que se tornara em 1948, e a futura ditadura de meu mundo imaginário era muito menos brutal do que a futura ditadura retratada de modo tão brilhante por Orwell. No contexto de 1948, *1984* parecia terrivelmente convincente. Mas os tiranos, afinal, são mortais e as circunstâncias mudam. Os acontecimentos recentes na Rússia e os avanços atuais em ciência e tecnologia tiraram do livro de Orwell um pouco de sua cruel verossimilhança. Uma guerra nuclear, claro, tornará as previsões de todos inúteis. Mas, supondo por um momento que as grandes potências possam de algum modo evitar nos destruir a todos, podemos dizer que hoje parece que as chances estavam mais a favor de algo como *Admirável mundo novo* do que de algo como *1984*.

À luz do que aprendemos recentemente a respeito do comportamento animal de modo geral, e do comportamento humano em particular, ficou claro que o controle por meio da punição do comportamento indesejável é menos eficiente, a longo prazo, do que o controle por meio do reforço do comportamento desejável através de recompensas, e que o governo pela via do terror funciona, na totalidade, menos do que o governo por intermédio da manipulação não violenta do ambiente e dos pensamentos e sentimentos dos homens, mulheres e crianças considerados como indivíduos. O castigo interrompe por algum tempo o comportamento indesejado, mas não reduz de modo constante a tendência que a vítima tem para incorrer nele. Além do mais, os subprodutos psicofísicos do castigo podem ser tão indesejáveis quanto o comportamento pelo qual um indivíduo foi castigado. A psicoterapia se preocupa em grande parte com as consequências debilitantes ou antissociais de castigos passados.

A sociedade descrita em *1984* é controlada de modo quase exclusivo pelo castigo e pelo medo do castigo. No mundo imaginário de minha própria fábula, o castigo não é frequente e costuma ser brando. O controle quase perfeito exercido pelo governo é atingido pelo reforço sistemático do comportamento desejado, por muitos tipos de manipulação quase não violenta, tanto física quanto psicológica, e pela estandardização genética. Bebês em garrafas e o controle centralizado da reprodução talvez não sejam algo impossível; mas está bastante claro que por um longo tempo ainda continuaremos sendo uma espécie vivípara que procria de modo aleatório. Para fins práticos, a estandardização genética pode ser descartada. As sociedades continuarão a ser controladas de maneira pós-natal — por castigo, como no passado, e a um nível cada vez maior pelos métodos mais eficientes de recompensa e manipulação científica.

Na Rússia, a ditadura à moda antiga, tipo *1984*, de Stálin começou a dar lugar a uma forma mais moderna de tirania. Nos níveis mais altos da sociedade hierárquica soviética, o reforço do comportamento desejado começou a substituir os métodos mais antigos de controle por meio do castigo do comportamento indesejado. Engenheiros e cientistas, professores e administradores são muito bem pagos para fazer um ótimo trabalho, e são cobrados de forma tão moderada que ficam sob incentivo constante a ter um melhor desempenho e, portanto, ser ainda mais recompensados. Em certas áreas, eles têm liberdade de pensar e fazer mais ou menos o que desejarem. O castigo os aguarda apenas quando eles se desviam para além de seus limites prescritos e adentram os reinos da ideologia e da política. É porque lhes foi garantida uma certa liberdade profissional que os professores, cientistas e técnicos russos obtiveram sucessos tão notáveis. Aqueles que vivem perto da base da pirâmide soviética não desfrutam de nenhum dos privilégios garantidos à minoria especialmente dotada ou afortunada. Seus salários são minguados e eles pagam, na forma de altos preços, uma fatia desproporcionalmente grande dos impostos. A área na qual eles podem fazer o que quiserem é muito restrita, e seus governantes os controlam mais pelo castigo e pela ameaça de castigo do que pela manipulação não violenta ou pelo reforço do comportamento desejado por recompensa. O sistema soviético combina elementos de *1984* com elementos que são proféticos do que acontecia entre as castas mais altas em *Admirável mundo novo*.

Enquanto isso, forças impessoais sobre as quais não temos quase nenhum controle parecem estar nos empurrando na direção do pesadelo de *Admirável mundo novo*; e esse empurrão impessoal está sendo conscientemente acelerado por representantes de organizações comerciais e políticas que desenvolveram uma série de técnicas novas para manipular, no interesse de alguma minoria, os pensamentos e sentimentos das massas. As técnicas de manipulação serão discutidas em capítulos posteriores. Por ora, vamos concentrar nossa atenção nas forças impessoais que estão hoje tornando o mundo tão extremamente insalubre para a democracia, tão inóspito para a liberdade individual. Que forças são essas? E por que o pesadelo que eu tinha projetado para o século VII d.F. avançou tão rápido em nossa direção? A resposta a essas perguntas deve começar onde a vida até mesmo da sociedade mais altamente civilizada tem seu começo — no nível da biologia.

No primeiro dia de Natal, a população de nosso planeta era de cerca de 250 milhões — menos da metade da população da China moderna.[3] Dezesseis séculos depois, quando os Pais Peregrinos desembarcaram em Plymouth Rock,[4] o número de humanos havia aumentado até chegar a pouco mais de 500 milhões. Quando a Declaração da Independência dos Estados Unidos foi assinada, a população mundial havia ultrapassado a marca dos 700 milhões. Em 1931, na época em que eu escrevia *Admirável mundo novo*, ela estava um pouco abaixo de 2 bilhões. Hoje, apenas 27 anos depois, somos 2,8 bilhões. E amanhã — o quê? Penicilina, pesticidas e água limpa são bens de consumo baratos, cujos efeitos na saúde pública são desproporcionais em relação ao seu custo. Até mesmo o governo mais pobre é rico o bastante para fornecer aos seus cidadãos uma medida substancial de controle de mortalidade. Já o controle de natalidade é uma questão bem diferente. O controle da mortalidade é algo que pode ser providenciado para todo um povo por uns poucos técnicos trabalhando a soldo de um governo benevolente, mas o controle de natalidade depende da cooperação de um povo inteiro. Ele deve ser praticado por incontáveis indivíduos, dos quais demanda mais inteligência e força de vontade do que a maioria da multidão de analfabetos do mundo possui, e (se métodos químicos ou mecânicos de contracepção forem utilizados) um gasto maior do que a maioria desses milhões seria capaz de desembolsar, nos dias de hoje. Além do mais, não existe em

3   Em 1958, ano de publicação deste livro, a República Popular da China tinha pouco mais de 640 milhões de habitantes.
4   Refere-se a William Bradford e aos peregrinos do navio *Mayflower*, que deixaram a Inglaterra e fundaram a colônia de Plymouth, nos Estados Unidos, em dezembro de 1620.

parte alguma nenhuma tradição religiosa a favor da morte sem restrições, ao passo que as tradições religiosas e sociais em favor da reprodução irrestrita são amplamente disseminadas. Por todas essas razões, o controle da mortalidade é atingido com muita facilidade, e o da natalidade, com grande esforço. As taxas de mortalidade, portanto, caíram em anos recentes de modo assustadoramente repentino. Mas as taxas de natalidade permaneceram no mesmo velho nível elevado ou, se caíram, caíram muito pouco e a uma velocidade muito baixa. Em consequência, o número de humanos está agora crescendo com mais rapidez do que em qualquer outra época da história da espécie.

Além disso, o próprio incremento anual está sofrendo um aumento. Ele cresce de forma regular, de acordo com as regras de juros compostos; mas também cresce de modo irregular a cada aplicação, por uma sociedade tecnologicamente atrasada, dos princípios da saúde pública. Hoje, o crescimento anual da população mundial gira em torno de 43 milhões. Isso significa que a cada quatro anos a humanidade acrescenta a seus números o equivalente à população atual da Índia. Com a taxa de aumento que prevalecia entre o nascimento de Cristo e a morte da rainha Elizabeth I, a população da Terra levou dezesseis séculos para dobrar. No ritmo atual, ela dobrará em menos de meio século. E essa duplicação fantasticamente rápida de nossos números estará ocorrendo em um planeta cujas áreas produtivas mais desejáveis já estão densamente povoadas, cujos solos estão sendo erodidos pelos esforços frenéticos de maus agricultores para cultivar mais alimentos, e cujo capital mineral facilmente disponível está sendo desperdiçado com a extravagância imprudente de um marinheiro bêbado se livrando de seu salário acumulado.

No admirável mundo novo de minha fábula, o problema do número de humanos em relação aos recursos naturais foi resolvido de modo eficiente. Uma cifra ideal para a população mundial foi calculada e essa cifra acabou sendo mantida (um pouco abaixo de 2 bilhões, se bem me lembro)[5] geração após geração. No mundo real contemporâneo, o problema populacional não foi solucionado. Pelo contrário, está se tornando mais grave e mais formidável a cada ano que passa. É contra esse pano de fundo biológico sombrio que todos os dramas políticos, econômicos, culturais e psicológicos de nosso tempo estão se desenrolando. À medida que o século XX avança, à medida que os novos bilhões vão sendo adicionados aos bilhões existentes (seremos mais de 5,5 bilhões quando minha neta tiver cinquenta anos), esse pano de fundo biológico irá avançar, de modo cada vez mais insistente, cada vez mais ameaçador, para a frente e para o centro do palco histórico. O problema do número crescente de pessoas em relação aos recursos naturais, à estabilidade social e ao bem-estar dos indivíduos — esse é agora o problema central da humanidade; e com certeza continuará sendo o problema central por mais um século, e talvez por outros tantos séculos ainda. Uma nova

---

5 A população mundial chegou a 2 bilhões em 1928, ou seja, pouco antes de *Admirável mundo novo* ser escrito. Em 1958, ano de publicação deste *Retorno*, já se aproximava de 3 bilhões, de acordo com o documento "The World at Six Billion", produzido pela ONU em 1999. No momento em que esta edição foi produzida, o mundo tem aproximadamente 7,8 bilhões de pessoas.

era teria supostamente começado em 4 de outubro de 1957. Mas, na verdade, no contexto atual, todas as nossas exuberantes conversas pós-*Sputnik* são irrelevantes e até mesmo sem sentido. Até onde as multidões da humanidade estão preocupadas, esta era que está chegando não será a Era Espacial; será a Era da Superpopulação. Podemos parodiar as palavras da velha canção e perguntar:

Será que o espaço em que você é tão rico
Acenderá o fogo na cozinha,
Ou o pequeno deus do espaço gira o espeto, espeto, espeto?[6]

A resposta, obviamente, é negativa. Uma colônia na Lua pode ser de alguma vantagem militar para a nação que a colonizar. Mas não fará nada para tornar a vida mais tolerável, durante os cinquenta anos que levará para que nossa população atual dobre, para os bilhões de subnutridos e prolíferos do planeta. E mesmo que, em alguma data futura, a emigração para Marte se torne viável, mesmo se um número considerável de homens e mulheres estiver desesperado o suficiente para escolher uma nova vida sob condições comparáveis às prevalecentes em uma montanha duas vezes mais alta do que o monte Everest, que diferença isso faria? No decorrer dos últimos quatro séculos, muita gente navegou do Velho Mundo para o Novo. Mas nem a partida deles nem o fluxo de retorno de alimentos e matérias-primas

---

6 Paródia de uma antiga e popular canção de ninar britânica: *"Will the flame that you're so rich in/ Light a fire in the kitchen?/ Or the little god of love turn the spit, spit, spit?"*.

conseguiram resolver os problemas do Velho Mundo. Da mesma forma, o transporte de alguns humanos excedentes para Marte (a um custo, para transporte e desenvolvimento, de vários milhões de dólares por cabeça) não fará nada para resolver o problema de crescentes pressões populacionais em nosso próprio planeta. Se não for resolvido, esse problema tornará insolúveis todos os nossos outros problemas. E, pior, criará condições nas quais a liberdade individual e as decências sociais do modo de vida democrático se tornarão impossíveis, quase impensáveis. Nem todas as ditaduras surgem da mesma maneira. Existem muitos caminhos para se chegar ao admirável mundo novo; mas talvez o mais reto e o mais amplo seja o caminho que estamos percorrendo hoje, o caminho que passa por números gigantescos e crescimentos acelerados. Vamos revisar rapidamente as razões para essa íntima correlação entre pessoas demais, multiplicando-se muito rápido, e a formulação de filosofias autoritárias, a ascensão de sistemas totalitários de governo.

À medida que números elevados e cada vez maiores vão exercendo uma pressão mais forte sobre os recursos disponíveis, a posição econômica da sociedade que sofre essa provação se torna cada vez mais precária. Isso é bastante verdadeiro no caso das regiões subdesenvolvidas, onde uma redução repentina da taxa de mortalidade por meio de pesticidas, penicilina e água limpa não é acompanhada de uma queda correspondente na taxa de natalidade. Em partes da Ásia e na maioria dos países da América Central e do Sul, as populações estão aumentando tão rápido que vão dobrar em pouco mais de vinte anos. Se a produção de alimentos e artigos manufaturados, de casas, escolas e professores pudesse ser aumentada a uma taxa maior do que o número de humanos, seria possível melhorar a vida miserável dos habitantes desses países subdesenvolvidos e superpovoados. Contudo, infelizmente, a esses países não faltam apenas máquinas agrícolas e uma usina industrial capaz de fabricá-las, mas também o capital necessário para criar essa usina. Capital é o que sobra depois que as necessidades primárias de uma população foram satisfeitas. Mas as necessidades primárias da maioria das pessoas nos países subdesenvolvidos nunca são totalmente satisfeitas. No fim de cada ano quase nada sobra e, portanto, há quase nenhum capital disponível para criar a usina industrial e agrícola, por meio da qual as necessidades das pessoas poderiam ser satisfeitas. Além disso, em todos esses países subdesenvolvidos existe uma grave escassez de mão de obra treinada, sem a qual uma indústria moderna e a usina agrícola não podem ser operadas. As instalações educacionais atuais são inadequadas, assim como os recursos, financeiros e culturais, para a melhoria das instalações existentes com a rapidez que a situação demanda. Enquanto isso, a população de alguns desses países subdesenvolvidos está aumentando a uma taxa de 3% ao ano.

Sua trágica situação é discutida em um importante livro publicado em 1957, *Os próximos cem anos*, pelos professores Harrison Brown, James Bonner e John Weir, do Instituto de Tecnologia da Califórnia. Como a humanidade está lidando com o problema de seus números em rápido crescimento? Sem muito sucesso.

A evidência sugere, de modo bastante forte, que na maioria dos países subdesenvolvidos o fardo do indivíduo médio piorou consideravelmente na última metade do século. As pessoas estão mais subnutridas. Existem menos bens de consumo disponíveis por pessoa. E praticamente toda tentativa de melhorar a situação tem sido anulada pela pressão implacável do crescimento populacional contínuo.

Sempre que a vida econômica de uma nação se torna precária, o governo central é forçado a assumir responsabilidades adicionais para o bem-estar geral. Ele precisa criar planos elaborados para lidar com uma situação crítica; precisa impor restrições cada vez maiores sobre as atividades de seus habitantes; e se, como é muito provável, a piora das condições econômicas resultar em agitação política, ou rebelião aberta, o governo central precisa intervir para preservar a ordem pública e sua própria autoridade. Assim, um poder cada vez maior passa a se concentrar nas mãos dos executivos e de seus gerentes burocráticos. Mas a natureza do poder é tal que mesmo aqueles que não o procuraram, mas foram forçados a assumi-lo, tendem a adquirir um gosto por mais poder. "Não nos deixeis cair em tentação", oramos — e com um bom motivo; pois quando os seres humanos são tentados de modo muito atraente ou ao longo de muito tempo, eles geralmente cedem. Uma Constituição democrática é um dispositivo para impedir os governantes locais de cederem a essas tentações particularmente perigosas que surgem quando muito poder é concentrado em poucas mãos. Uma Constituição desse tipo funciona muito bem onde, como na Grã-Bretanha ou nos Estados Unidos, há um respeito tradicional pelos procedimentos constitucionais. Se a tradição republicana ou monárquica limitada for fraca, nem a melhor das Constituições impedirá os políticos ambiciosos de sucumbirem com alegria e gosto à tentação do poder. E em qualquer país onde os números começam a pressionar fortemente os recursos disponíveis, essas tentações não podem deixar de surgir. A superpopulação leva à insegurança econômica e à agitação social. Agitação e insegurança levam a mais controle por parte dos governos centrais e a um aumento de seu poder. Na ausência de uma tradição constitucional, esse poder ampliado talvez seja exercido de modo ditatorial. Mesmo que o comunismo nunca tivesse sido inventado, isso provavelmente aconteceria. Mas o comunismo foi inventado. Dado esse fato, a probabilidade de superpopulação levando à ditadura por meio da agitação se torna quase uma certeza. Pode-se apostar com razoável segurança que, daqui a vinte anos, todos os países superpovoados e subdesenvolvidos estarão sob alguma forma de governo totalitário — provavelmente pelo partido comunista.

Como isso afetará os países superpovoados, mas bastante industrializados e ainda democráticos da Europa? Se as ditaduras recém-formadas fossem hostis a eles, e se o fluxo normal de matérias-primas dos países subdesenvolvidos fosse deliberadamente interrompido, as nações do Ocidente se encontrariam em apuros. Seu sistema industrial iria quebrar, e a tecnologia altamente desenvolvida, que até agora lhes permitiu sustentar uma população muito maior do que se fosse apenas por recursos locais disponíveis, não conseguiria mais protegê-los contra as consequências de ter muitas pessoas em um território muito pequeno. Se isso acontecer, os enormes poderes forçados por condições desfavoráveis aos governos centrais poderão ser usados no espírito da ditadura totalitária.

Os Estados Unidos não são, hoje, um país superpovoado. Se, no entanto, a população continuar a aumentar na taxa atual (taxa essa maior do que a da Índia, embora felizmente muito inferior à taxa atual do México ou da Guatemala), a questão dos números em relação aos recursos disponíveis pode muito bem se tornar problemática no início do século xxi. No momento, a superpopulação não é uma ameaça direta à liberdade pessoal dos americanos. Resta, no entanto, uma ameaça indireta, uma ameaça distante. Se a superpopulação levasse os países subdesenvolvidos para o totalitarismo, e se essas novas ditaduras se aliassem à Rússia, então a posição militar dos Estados Unidos se tornaria menos segura e os preparativos para defesa e retaliação teriam de ser intensificados. Mas a liberdade, como todos sabemos, não pode florescer em um país que está sempre em pé de guerra, ou quase isso. Uma crise permanente justifica o controle permanente de tudo e de todos pelas agências do governo central. E uma crise permanente é o que devemos esperar em um mundo no qual a superpopulação está produzindo um estado de coisas em que a ditadura comunista se torna quase inevitável.

Capítulo II

Quantidade, qualidade, moralidade

No admirável mundo novo de minha fantasia, a eugenia e a disgenia eram praticadas de modo sistemático. Em um conjunto de garrafas, óvulos biologicamente superiores, fertilizados por espermatozoides biologicamente superiores, recebiam o melhor tratamento pré-natal possível e eram no final decantados como Betas, Alfas e até mesmo Alfas Mais. Em outro conjunto muito mais numeroso de garrafas, óvulos biologicamente inferiores, fertilizados por espermatozoides biologicamente inferiores, foram submetidos ao Processo de Bokanovsky (96 gêmeos idênticos a partir de um único óvulo) e tratados no estágio pré-natal com álcool e outros venenos de proteínas. As criaturas finalmente decantadas eram quase subumanas, mas capazes de realizar trabalho não qualificado e, quando condicionadas de modo adequado, distendidas por livre e frequente acesso ao sexo oposto, constantemente distraídas por entretenimento gratuito e tendo seus padrões de bom comportamento reforçados por doses diárias de soma, esperava-se que não causassem problemas para seus superiores.

Nesta segunda metade do século xx, não fazemos nada sistemático a respeito da maneira como nos reproduzimos; mas, à nossa maneira aleatória e não regulamentada, estamos não apenas superpovoando nosso planeta, como também, ao que parece, garantindo que esses números maiores sejam de qualidade mais pobre em termos biológicos. Nos tempos ruins de outrora, crianças com defeitos hereditários consideráveis, ou mesmo leves, raramente sobreviviam. Hoje, graças ao saneamento, à farmacologia moderna e à consciência social, a maioria das crianças nascidas com defeitos hereditários atinge a maturidade e multiplica sua espécie. Nas condições que prevalecem hoje em dia, cada avanço na medicina tenderá a ser compensado por um avanço correspondente na taxa de sobrevivência de indivíduos amaldiçoados por alguma insuficiência genética. Apesar das novas drogas maravilhosas e de um tratamento melhor (na verdade, em certo sentido, precisamente por causa dessas coisas), a saúde física da população em geral não apresentará melhora, e pode até se deteriorar. E junto com um declínio médio da saúde, pode muito bem ocorrer um declínio na inteligência média. De fato, algumas autoridades competentes estão convencidas de que tal declínio já ocorreu e continua acontecendo. "Sob condições suaves e não regulamentadas", escreve o dr. W. H. Sheldon,

nosso melhor estoque tende a ser superado por um estoque inferior em todos os aspectos [...]. É moda em alguns círculos acadêmicos assegurar aos alunos que o alarme em relação às taxas de natalidade diferenciais é infundado; que aqueles problemas são apenas econômicos, ou meramente educacionais, religiosos, culturais ou algo do tipo. Isso é um otimismo de Poliana. A delinquência reprodutiva é biológica e básica.

E ele acrescenta que "ninguém sabe até que ponto o QI médio neste país [os Estados Unidos] diminuiu desde 1916, quando Terman tentou padronizar o significado do QI 100".[7]

Em um país subdesenvolvido e superpovoado, onde quatro quintos das pessoas consomem menos de 2 mil calorias por dia e um quinto desfruta de uma dieta adequada, podem surgir instituições democráticas de modo espontâneo? Ou, se forem impostas de fora ou de cima, podem sobreviver?

E agora vamos considerar o caso da sociedade democrática rica e industrializada, na qual, devido à prática casual porém eficaz da disgenia, o QI e o vigor físico estão em declínio. Por quanto tempo uma sociedade assim pode manter suas tradições de liberdade individual e governo democrático? Daqui a cinquenta ou cem anos, nossos filhos saberão a resposta a essa pergunta.

Enquanto isso, vemo-nos confrontados com um perturbador problema moral. Sabemos que a busca de bons fins não justifica o emprego de meios ruins. Mas e quanto a essas situações, que agora ocorrem com tanta frequência, em que bons meios têm resultados finais que acabam sendo ruins?

Por exemplo, vamos para uma ilha tropical e com a ajuda de pesticidas erradicamos a malária e, em dois ou três

---

7 Testes de QI são padronizados de modo que a inteligência média da população seja sempre representada por um escore de cem pontos, com 95% dos indivíduos pontuando entre setenta e 130. Ao contrário do que Huxley sugere, ao longo do século XX notou-se que, para manter esse padrão, vinha sendo necessário tornar os testes mais difíceis a cada geração: jovens de hoje, testados com as mesmas questões apresentadas no passado a seus pais, obtêm, em média, muito mais do que cem pontos. A causa e o significado desse fenômeno (também chamado de Efeito Flynn, em homenagem ao pesquisador neozelandês James R. Flynn, que o documentou extensamente) ainda são alvo de controvérsia entre especialistas.

anos, salvamos centenas de milhares de vidas. É claro que isso é bom. Mas as centenas de milhares de seres humanos assim salvos, e os milhões que eles geram e aos quais dão à luz, não podem ser vestidos, alojados, educados ou mesmo alimentados com os recursos disponíveis da ilha. A morte rápida por malária foi abolida; mas a vida miserável graças à subnutrição e à superlotação agora é a regra, e a morte lenta por completa inanição ameaça um número cada vez maior de indivíduos.

E quanto aos organismos congenitamente insuficientes, que nossa medicina e nossos serviços sociais agora preservam para que possam propagar sua espécie? Ajudar os desafortunados é obviamente algo bom. Mas a transmissão por atacado aos nossos descendentes dos resultados de mutações desfavoráveis, e a contaminação progressiva do pool genético do qual os membros de nossa espécie terão de recorrer, não são menos ruins. Estamos nas garras de um dilema ético, e encontrar o meio-termo exigirá toda a nossa inteligência e toda a nossa boa vontade.

Capítulo III
Superorganização

O caminho mais curto e amplo para o pesadelo do admirável mundo novo passa, como ressaltei, pela superpopulação e pelo aumento acelerado do número de humanos: 2,8 bilhões hoje, 5,5 bilhões na virada do século,[8] com a maioria da humanidade enfrentando a escolha entre a anarquia e o controle totalitário. Mas a crescente pressão dos números sobre os recursos disponíveis não é a única força que nos impulsiona em direção ao totalitarismo. Esse inimigo biológico cego da liberdade se aliou a forças imensamente poderosas geradas pelos próprios avanços tecnológicos dos quais mais nos orgulhamos. Um orgulho que é justificado, diga-se de passagem, pois esses avanços são frutos de gênio e persistente trabalho árduo, de lógica, imaginação e abnegação — resumindo, frutos de virtudes morais e intelectuais pelas quais não se pode sentir nada além de admiração. Mas a Natureza das Coisas é tal que ninguém neste mundo jamais consegue qualquer coisa a troco de nada. Esses incríveis e admiráveis avanços tiveram seu preço. Na verdade, como a máquina de lavar do ano passado, eles

8 A população humana em 2000 era de 6,05 bilhões de habitantes, segundo o International Institute for Applied Systems Analysis (IIASA).

ainda estão sendo pagos — e cada prestação é mais alta do que a anterior. Muitos historiadores, muitos sociólogos e psicólogos já escreveram, com profunda preocupação, sobre o preço que o homem ocidental teve de pagar e continuará pagando pelo progresso tecnológico. Eles apontam, por exemplo, que dificilmente se pode esperar que a democracia floresça em sociedades nas quais o poder político e econômico está sendo pouco a pouco concentrado e centralizado. Mas o progresso da tecnologia levou, e ainda está levando, a essa concentração e centralização de poder. À medida que o maquinário da produção em massa vai se tornando mais eficiente, ele tende a se tornar mais complexo e mais caro — e portanto menos disponível para o empreendedor de meios limitados. Além disso, a produção em massa não pode trabalhar sem distribuição em massa; mas a distribuição em massa cria problemas que apenas os maiores produtores conseguem resolver de forma satisfatória. Em um mundo de produção e distribuição em massa, o Pequeno Homem, com seu estoque inadequado de capital de giro, se encontra em grande desvantagem. Na competição com o Grande Homem, ele perde seu dinheiro e finalmente sua própria existência como produtor independente; o Grande Homem o engoliu. À medida que os Pequenos Homens desaparecem, o poder econômico passa cada vez mais a ser exercido por um número cada vez menor de pessoas. Sob uma ditadura, o Grande Negócio, possibilitado pelo avanço tecnológico e a consequente ruína do Pequeno Negócio, é controlado pelo Estado, ou seja, por um pequeno grupo de líderes partidários e por soldados, policiais e funcionários públicos que cumprem suas ordens. Em uma democracia capitalista, como os Estados Unidos, ele é controlado pelo que o professor C. Wright Mills chamou de Elite do Poder. Essa Elite do Poder emprega diretamente vários milhões de membros da força de trabalho do país em suas fábricas, escritórios e lojas, controla mais outros tantos milhões emprestando-lhes dinheiro para que comprem seus produtos e, por intermédio de sua propriedade dos meios de comunicação de massa, influencia os pensamentos, sentimentos e ações de quase todos. Parodiando as palavras de Winston Churchill, nunca tantos foram tão manipulados por tão poucos. Estamos de fato distantes do ideal de Jefferson de uma sociedade genuinamente livre composta de uma hierarquia de unidades que se autogovernam: "As repúblicas elementares dos distritos, as repúblicas dos condados, as repúblicas estaduais e a República da União, formando uma gradação de autoridades".

Vemos, então, que a tecnologia moderna levou à concentração de poder econômico e político, e ao desenvolvimento de uma sociedade controlada (de modo impiedoso nos Estados totalitários, de modo educado e discreto nas democracias) pelo Grande Negócio e pelo Grande Governo. Mas as sociedades são compostas de indivíduos e são boas apenas na medida em que ajudam os indivíduos a realizar suas potencialidades e levar uma vida feliz e criativa. Como os indivíduos foram afetados pelos avanços tecnológicos dos últimos anos? Aqui está a resposta a essa pergunta, dada por um filósofo psiquiatra, o dr. Erich Fromm:

> Nossa sociedade ocidental contemporânea, apesar de seu progresso material, intelectual e político, é cada vez menos

propícia à saúde mental, e tende a minar a segurança interior, a felicidade, a razão e a capacidade de amar no indivíduo; ela tende a transformá-lo em um autômato que paga por sua falha humana com um aumento cada vez maior de doenças mentais, e com o desespero escondido sob um impulso frenético para o trabalho e por um pretenso prazer.

Esse "aumento cada vez maior de doenças mentais" pode encontrar expressão em sintomas neuróticos, que são evidentes e extremamente angustiantes. Mas "vamos tomar cuidado", diz o dr. Fromm, "para não definir higiene mental como prevenção de sintomas. Os sintomas não são nossos inimigos, mas nossos amigos; onde há sintomas há conflito, e conflito sempre indica que as forças da vida que buscam integração e felicidade ainda estão lutando". As vítimas mais difíceis de se curar de doenças mentais podem ser encontradas entre aquelas que parecem ser mais normais. "Muitas delas são normais porque estão tão bem ajustadas ao nosso modo de existência, porque sua voz foi silenciada tão cedo na vida que elas nem sequer lutam, sofrem ou desenvolvem sintomas, como acontece com o neurótico." Elas são normais, não no que pode ser chamado de sentido absoluto da palavra; são normais apenas em relação a uma sociedade profundamente anormal. Seu ajuste perfeito a essa sociedade anormal é uma medida de sua doença mental. Esses milhões de pessoas anormalmente normais, vivendo sem fazer alarde numa sociedade para a qual, se eles fossem totalmente humanos, não deveriam estar ajustados, ainda nutrem "a ilusão de individualidade", mas na verdade foram em grande medida desindividualizados. Sua conformidade está se expandindo para algo como uniformidade. Mas "uniformidade e liberdade são incompatíveis. Uniformidade e saúde mental também são incompatíveis. [...] O homem não foi feito para ser um autômato, e, se ele chegar a sê-lo, a base da saúde mental será destruída".

No decorrer da evolução, a natureza lutou muito para cuidar que cada indivíduo fosse diferente de todos os outros. Reproduzimos nossa espécie deixando que os genes do pai entrem em contato com os da mãe. Esses fatores hereditários podem ser combinados em um número quase infinito de maneiras. Em termos físicos e mentais, cada um de nós é único. Qualquer cultura que, no interesse da eficiência ou em nome de algum dogma político ou religioso, busca padronizar o indivíduo humano, comete um ultraje contra a natureza biológica do homem.

A ciência pode ser definida como a redução da multiplicidade à unidade. Procura explicar os fenômenos infinitamente diversos da natureza ignorando a singularidade de eventos específicos, concentrando-se no que eles têm em comum e, por último, abstraindo algum tipo de "lei", em termos da qual isso faz sentido e pode ser tratado de forma eficiente. Por exemplo, maçãs caem da árvore e a Lua se move pelo céu. As pessoas já observavam esses fatos desde tempos imemoriais. Com Gertrude Stein, eles se convenceram de que uma maçã é uma maçã é uma maçã, enquanto a Lua é a Lua é a Lua.[9] Coube a Isaac

---

9 Referência ao verso do poema "Sacred Emily", do livro *Geography and Plays*, de 1922. Nele, Gertrude Stein escreve "A rose is a rose is a rose" ("Uma rosa é uma rosa é uma rosa"), comumente interpretado como uma conclusão de que as coisas são como se apresentam. A menção ao poe-

Newton perceber o que esses fenômenos muito diferentes entre si tinham em comum, e formular uma teoria da gravitação pela qual certos aspectos do comportamento das maçãs, dos corpos celestes e, na verdade, de tudo o mais no universo físico pudessem ser explicados e tratados em termos de um único sistema de ideias. Nesse mesmo espírito, o artista reúne as inúmeras diversidades e singularidades do mundo exterior e sua própria imaginação e lhes dá significado dentro de um sistema ordenado de padrões plásticos, literários ou musicais. O desejo de impor ordem sobre a confusão, para retirar harmonia da dissonância e unidade da multiplicidade, é uma espécie de instinto intelectual, um impulso primário e fundamental da mente. Dentro dos domínios da ciência, arte e filosofia, o funcionamento do que posso chamar de "Vontade de Ordem" é sobretudo benéfico. É verdade que a Vontade de Ordem produziu muitas sínteses prematuras baseadas em evidências insuficientes, muitos sistemas absurdos de metafísica e teologia, muita confusão pedante de tratar conceitos como realidades, e símbolos e abstrações como dados de experiência imediata. Mas esses erros, embora lamentáveis, não causam muitos danos, pelo menos não diretamente — embora às vezes aconteça de um sistema filosófico ruim causar danos indiretos, por ser usado como justificativa para ações insensíveis e desumanas. É na esfera social, no domínio da política e da economia, que a Vontade de Ordem se torna realmente perigosa.

ma também está presente em outro livro de Aldous Huxley, *As portas da percepção*.

Aqui, a redução teórica da multiplicidade incontrolável para a unidade compreensível se transforma em redução prática da diversidade humana à uniformidade subumana, da liberdade à servidão. Na política, o equivalente a uma teoria científica ou a um sistema filosófico plenamente desenvolvido é uma ditadura totalitária. Em economia, o equivalente a uma obra de arte lindamente composta é a fábrica funcionando de modo perfeito, onde os trabalhadores estão perfeitamente ajustados às máquinas. A Vontade de Ordem pode transformar em tiranos aqueles que aspiram apenas a arrumar uma bagunça. A beleza da arrumação é usada como justificativa para o despotismo.

A organização é indispensável, pois a liberdade surge e tem sentido apenas dentro de uma comunidade autorregulada de indivíduos que cooperam de forma espontânea. Mas, embora indispensável, a organização também pode ser fatal. Organização demais transforma homens e mulheres em autômatos, sufoca o espírito criativo e abole a própria possibilidade de liberdade. Como de costume, o único caminho seguro é o do meio, entre os extremos do laissez-faire em um lado da escala e de controle total no outro.

Ao longo do século passado, os avanços sucessivos na tecnologia foram acompanhados por avanços correspondentes na organização. A invenção de máquinas complicadas tornou necessária a criação de arranjos complicados, feitos para funcionar de forma tão suave e eficiente quanto os novos instrumentos de produção. Para se encaixar nessas organizações, os indivíduos tiveram de se desindividualizar, tiveram de negar sua diversidade nativa e se conformar a um padrão, tiveram de fazer o seu melhor para se tornarem autômatos.

Os efeitos desumanizantes da superorganização são reforçados pelos efeitos desumanizantes da superpopulação. A indústria, à medida que se expande, atrai uma proporção cada vez maior dos números crescentes da humanidade para as grandes cidades. Mas a vida nas grandes cidades não é propícia para a saúde mental (a maior incidência de esquizofrenia, dizem, ocorre entre a aglomeração de habitantes dos cortiços industriais); e tampouco promove o tipo de liberdade responsável dentro de pequenos grupos autônomos, que é a primeira condição de uma verdadeira democracia. A vida na cidade é anônima e, por assim dizer, abstrata. As pessoas se relacionam umas com as outras, não como personalidades totais, mas como as personificações de funções econômicas ou, quando não estão no trabalho, como irresponsáveis buscadores de entretenimento. Sujeitos a esse tipo de vida, os indivíduos tendem a se sentir solitários e insignificantes. A existência deles deixa de ter qualquer razão ou significado.

Em termos biológicos, o homem é mais ou menos gregário, não um animal completamente social — uma criatura mais parecida com um lobo, digamos, ou um elefante, do que com uma abelha ou uma formiga. Em sua forma humana original, as sociedades não tinham nenhuma semelhança com a colmeia ou o formigueiro; eram apenas bandos. Civilização é, entre outras coisas, o processo pelo qual bandos primitivos são transformados em algo análogo, cru e mecânico, às comunidades orgânicas dos insetos sociais. No presente momento, as pressões da superpopulação e da mudança tecnológica estão acelerando esse processo. O cupinzeiro passou a parecer uma realidade e até mesmo, a alguns olhos, um ideal desejável. Escusado dizer, o ideal nunca será de fato realizado. Um grande abismo separa o inseto social do mamífero não muito gregário e de grande cérebro; e mesmo que o mamífero desse o melhor de si para imitar o inseto, o abismo permaneceria. Por mais que tentem, os homens não conseguem criar um organismo social, eles só podem criar uma organização. No processo de tentar criar um organismo, eles simplesmente criarão um despotismo totalitário.

Admirável mundo novo apresenta uma imagem fantasiosa e um tanto obscena de uma sociedade na qual a tentativa de recriar o ser humano à semelhança dos cupins foi levada quase ao limite do possível. Que estamos sendo impulsionados na direção do admirável mundo novo é óbvio. Mas não menos óbvio é o fato de que podemos, se assim desejarmos, nos recusar a cooperar com as forças cegas que nos impulsionam. No momento, entretanto, o desejo de resistir não parece ser muito forte nem muito difundido. Como o sr. William Whyte mostrou em seu notável livro *The Organization Man* [O homem da organização], uma nova ética social está substituindo nosso sistema ético tradicional — o sistema no qual o indivíduo vem acima de tudo. As palavras-chave dessa ética social são "ajuste", "adaptação", "comportamento socialmente orientado", "pertencimento", "aquisição de habilidades sociais", "trabalho em equipe", "vida em grupo", "lealdade de grupo", "dinâmica de grupo", "pensamento de grupo", "criatividade de grupo". Seu pressuposto básico é que o todo social tem maior valor e significado do que suas partes individuais, que as diferenças biológicas inatas devem ser sacrificadas à uniformidade cultural, que os direitos da coletividade têm precedência sobre o que o século XVIII chamava de Direitos do Homem. De acordo com a ética social, Jesus estava completamente errado ao afirmar que o sábado foi feito para o homem. Pelo contrário, o homem foi feito para o sábado, e deve sacrificar suas idiossincrasias herdadas e fingir ser o tipo de bom misturador padronizado que os organizadores de atividades em grupo consideram como ideal para seus propósitos. Esse homem ideal é o homem que exibe "conformidade dinâmica" (frase deliciosa!) e uma intensa lealdade ao grupo, um desejo incansável de se subordinar, de pertencer. E o homem ideal deve ter uma esposa ideal, altamente gregária, infinitamente adaptável e não apenas resignada com o fato de que a primeira lealdade de seu marido é para com a corporação, mas ativamente leal por conta própria. "Ele apenas para Deus", como Milton disse de Adão e Eva, "ela para Deus nele". E em um aspecto importante, a esposa do homem da organização ideal está muito pior do que nossa primeira mãe. O Senhor permitiu que ela e Adão fossem completamente desinibidos na questão de "sexo casual juvenil".

> *Nem Adão (como julgo) as costas vira*
> *À linda esposa, nem aos ritos sacros*
> *Do conjugal amor Eva se exime.*[10]

Hoje, de acordo com um redator da *Harvard Business Review*, a esposa do homem que está tentando viver de acordo com o ideal proposto pela ética social "não deve exigir muito do tempo nem do interesse de seu marido. Por

---

10 *Paraíso perdido*, de John Milton. Tradução de António José de Lima Leitão. São Paulo: Martin Claret, 2018.

causa de sua concentração obstinada no trabalho, até mesmo sua atividade sexual deve ser relegada a segundo plano". O monge faz votos de pobreza, obediência e castidade. O homem da organização pode ser rico, mas promete obediência ("ele aceita a autoridade sem ressentimento, ele admira seus superiores" — *Mussolini ha sempre ragione*) e deve estar preparado, para a maior glória da organização que o emprega, para renegar até mesmo o amor conjugal.

Vale ressaltar que, em *1984*, os membros do partido são compelidos a se conformarem a uma ética sexual de severidade mais do que puritana. Em *Admirável mundo novo*, por outro lado, todos têm permissão para se entregar a seus impulsos sexuais sem permissão ou impedimento. A sociedade descrita na fábula de Orwell é uma sociedade permanentemente em guerra, e o objetivo de seus governantes é primeiro, claro, exercer o poder para seu próprio bem e, em segundo lugar, manter seus governados nesse estado de constante tensão que um estado de guerra constante exige de quem faz essa guerra. Ao fazer uma cruzada contra a sexualidade, os chefes são capazes de manter a tensão exigida de seus seguidores e ao mesmo tempo podem satisfazer seu desejo de poder de maneira bem gratificante. A sociedade descrita em *Admirável mundo novo* é um estado mundial, em que a guerra foi eliminada e onde o primeiro objetivo dos governantes é evitar a todo custo que seus governados causem problemas. Eles conseguem isso (entre outros métodos) legalizando um certo grau de liberdade sexual (possibilitado pela abolição da família) que praticamente protege os habitantes do admirável mundo novo contra qualquer forma de tensão emocional destrutiva (ou criativa). Em *1984*, o desejo de poder é satisfeito ao se infligir dor; em *Admirável mundo novo*, ao se infligir um prazer que não é muito menos humilhante.

A atual ética social, claro, é apenas uma justificativa depois do fato das consequências menos desejáveis da superorganização. Representa uma tentativa patética de transformar a necessidade em virtude, de extrair um valor positivo de um dado desagradável. É um sistema de moralidade nem um pouco realista, e portanto muito perigoso. O todo social, cujo valor se supõe ser maior do que o de suas partes componentes, não é um organismo no sentido de uma colmeia ou um cupinzeiro. É apenas uma organização, uma peça da máquina social. Não pode haver valor, a não ser em relação à vida e à consciência. Uma organização não está consciente nem viva. Seu valor é instrumental e derivativo. Ela não é boa em si; é boa apenas na medida em que promove o bem dos indivíduos que são as partes do todo coletivo. Dar às organizações precedência sobre as pessoas é subordinar os fins aos meios. O que acontece quando os fins estão subordinados aos meios já foi claramente demonstrado por Hitler e Stálin. Sob seu governo terrível, fins pessoais foram subordinados aos meios organizacionais por intermédio de uma mistura de violência e propaganda, terror sistemático e manipulação sistemática de mentes. Nas ditaduras mais eficientes de amanhã talvez haja muito menos violência do que sob Hitler e Stálin. Os súditos do futuro ditador serão arregimentados sem dor por um corpo de engenheiros sociais altamente treinados. "O desafio da engenharia social em nosso tempo", escreve um defensor entusiástico dessa nova ciência, "é como o desafio da engenharia técnica cinquenta anos atrás. Se a primeira metade do século xx foi a era dos engenheiros técnicos, a segunda metade pode muito bem ser a era dos engenheiros sociais" — e o século xxi, suponho, será a era dos controladores mundiais, o sistema de castas científicas e do admirável mundo novo. À pergunta *quis custodiet custodes?* — quem montará guarda sobre nossos guardiões, quem fará a engenharia dos engenheiros? —, a resposta é uma branda negação de que eles precisam de qualquer supervisão. Parece existir uma crença comovente entre certos doutores em sociologia de que doutores em sociologia nunca serão corrompidos pelo poder. Como sir Galahad, a força deles é como a força de dez, pois seus corações são puros — e seus corações são puros porque eles são cientistas e tiveram seis mil horas de estudos sociais.

Infelizmente, o ensino superior nem sempre é uma garantia de maior virtude, ou de sabedoria política superior. E a essas dúvidas sobre fundamentos éticos e psicológicos devem se somar dúvidas de caráter puramente científico. Podemos aceitar as teorias sobre as quais os engenheiros sociais baseiam sua prática, e em termos das quais eles justificam suas manipulações de seres humanos? Por exemplo, o professor Elton Mayo nos diz, categórico, que "o desejo do homem de estar sempre associado no trabalho com seus companheiros é uma forte, se não a mais forte característica humana". Eu diria que isso é obviamente falso. Algumas pessoas têm o tipo de desejo descrito por Mayo; outras não. É questão de temperamento e constituição herdada. Qualquer organização social baseada na suposição de que o "homem" (quem quer que o "homem" possa ser) deseja estar sempre associado a seus companheiros seria, para muitos homens e mulheres individualmente, um leito de Procusto. Apenas sendo amputados ou esticados sobre o catre eles poderiam ser ajustados a ele.

Mais uma vez, quão romanticamente enganosos são os relatos líricos da Idade Média com os quais tantos teóricos contemporâneos das relações sociais adornam suas obras! "Ser membro de uma guilda, ter uma propriedade senhorial ou aldeia protegia o homem medieval ao longo de sua vida e lhe dava paz e serenidade." Protegia-o de quê, poderíamos perguntar? Decerto não de um bullying implacável nas mãos de seus superiores. E junto com toda aquela "paz e serenidade" havia, durante toda a Idade Média, uma enorme quantidade de frustração crônica, infelicidade aguda e um ressentimento apaixonado contra o rígido sistema hierárquico que não permitia nenhum movimento vertical na escada social e, para os que estavam vinculados à terra, muito pouco movimento horizontal no espaço. As forças impessoais da superpopulação e superorganização, e os engenheiros sociais que tentam direcionar essas forças, estão nos empurrando na direção de um novo sistema medieval. Esse retorno se tornará mais aceitável do que o original por comodidades típicas do admirável mundo novo, como condicionamento infantil, ensino durante o sono e euforia induzida por drogas; mas, para a maioria dos homens e mulheres, ainda será uma espécie de servidão.

Capítulo IV

Propaganda política em uma sociedade democrática

"As doutrinas da Europa", escreveu Jefferson,

> rezavam que os homens em numerosas associações não poderiam ser restringidos dentro do limite da ordem e da justiça, exceto por forças físicas e morais exercidas sobre eles por autoridades independentes de sua vontade [...]. Nós (os fundadores da nova democracia americana) acreditamos que o homem era um animal racional, dotado de direitos pela natureza e com um senso inato de justiça, e que ele poderia ser impedido de errar e protegido em seus direitos por poderes moderados, confiados a pessoas de sua escolha e mantidos em seus deveres pela dependência de sua própria vontade.

Para ouvidos pós-freudianos, esse tipo de linguagem parece singular e ingênuo. Os seres humanos são muito menos racionais e inatamente justos do que os otimistas do século XVIII supunham. Por outro lado, eles não são, em termos morais, tão cegos nem tão irracionais quanto os pessimistas do século XX nos querem fazer crer. Apesar do id e do inconsciente, apesar da neurose endêmica e da prevalência de QIs baixos, a maioria dos homens e mulheres provavelmente é decente e sensata o suficiente para que a direção de seu próprio destino lhe seja confiada.

As instituições democráticas são dispositivos para reconciliar a ordem social com a liberdade e a iniciativa individuais, e para submeter o poder imediato dos governantes de um país ao poder final dos governados. O fato de que, na Europa Ocidental e na América, esses dispositivos funcionaram, considerando todas as coisas, de modo não tão ruim, é prova suficiente de que os otimistas do século XVIII não estavam totalmente errados. Dada uma chance justa, os seres humanos podem governar a si mesmos, e de um modo melhor, embora talvez com menos eficiência mecânica, do que por "autoridades independentes de sua vontade". Dada uma chance justa, repito; pois a chance justa é um pré-requisito indispensável. Não se pode dizer que nenhuma pessoa que passa bruscamente de um estado de subserviência sob o governo de um déspota a um estado completamente desconhecido de independência política pode ter uma chance justa de fazer as instituições democráticas funcionarem. Repito, ninguém em uma condição econômica precária tem uma chance justa de ser capaz de se governar democraticamente. O liberalismo floresce numa atmosfera de prosperidade e declina à medida que a prosperidade em declínio torna necessário para o governo intervir de modo cada vez mais frequente e drástico nos assuntos de seus governados. A superpopulação e a superorganização são duas condições que, como já apontei, privam a sociedade de uma chance justa de fazer as instituições democráticas funcionarem de forma eficaz. Vemos, então, que existem certas condições históricas, econômicas, demográficas e tecnológicas que tornam muito difícil para os animais racionais de Jefferson, dotados pela natureza de direitos inalienáveis e de um senso inato de justiça, exercer sua razão, reivindicar seus direitos e agir com justiça dentro de uma sociedade democraticamente organizada. Nós, no Ocidente, temos sido extremamente afortunados de ter recebido nossa chance justa de fazer essa grande experiência de autogoverno. Infelizmente agora parece que, devido a mudanças recentes em nossas circunstâncias, essa chance justa infinitamente preciosa foi sendo, pouco a pouco, tirada de nós. E essa, claro, não é toda a história. Essas forças impessoais cegas não são os únicos inimigos da liberdade individual e das instituições democráticas. Existem também forças de caráter menos abstrato, forças que podem ser deliberadamente usadas por indivíduos em busca de poder cujo objetivo é estabelecer controle parcial ou total sobre seus pares. Cinquenta anos atrás, quando eu era menino, parecia evidente que os velhos tempos ruins haviam acabado, que tortura e massacre, escravidão e perseguição de hereges eram coisas do passado. Entre as pessoas que usavam cartola, viajavam de trem e tomavam banho todo dia, tais horrores estavam simplesmente fora de questão. Afinal, estávamos vivendo no século xx. Alguns anos depois, essas mesmas pessoas que tomavam banhos diários e iam à igreja de cartola estavam cometendo atrocidades em uma escala jamais sonhada pelos africanos e asiáticos de poucas luzes. À luz da história recente, seria tolice supor que esse tipo de coisa não pode acontecer de novo. Pode, e sem dúvida acontecerá. Mas, no futuro imediato, há alguma razão para acreditar que os métodos punitivos de *1984* darão lugar aos reforços e manipulações de *Admirável mundo novo*.

Existem dois tipos de propaganda: a propaganda racional a favor de uma ação em consonância com o interesse próprio esclarecido daqueles que a fazem e daqueles a quem ela se dirige, e a não racional, que não está em consonância com o interesse próprio esclarecido de ninguém, mas é ditada pela paixão e faz um apelo a ela. Quando se fala das ações dos indivíduos, existem motivos mais exaltados do que o interesse próprio esclarecido; contudo, onde a ação coletiva tem de ser levada em conta no campo da política e da economia, o interesse próprio esclarecido talvez seja o principal dos motivos eficazes. Se os políticos e seus constituintes sempre agissem para promover seus próprios interesses ou o de seus países a longo prazo, este mundo seria o paraíso na Terra. Do jeito que está, eles costumam agir contra seus próprios interesses, apenas para satisfazer suas paixões menos dignas de crédito; em consequência, o mundo é um lugar miserável. A propaganda a favor de uma ação consoante com interesses próprios esclarecidos apela à razão por meio de argumentos lógicos com base nas melhores evidências disponíveis de forma completa e honesta. A propaganda a favor da ação ditada pelos impulsos que estão abaixo do interesse próprio oferece evidências falsas, distorcidas ou incompletas, evita argumentos lógicos e busca influenciar suas vítimas pela mera repetição de slogans, pela denúncia furiosa de bodes expiatórios estrangeiros ou domésticos, e associando astutamente as paixões mais baixas aos ideais mais elevados, para que atrocidades venham a ser cometidas em nome de Deus, e o tipo mais cínico de realpolitik seja tratado como uma questão de princípio religioso e dever patriótico.

Nas palavras de John Dewey, "uma renovação da fé na natureza humana comum, em suas potencialidades gerais e em seu poder particular de reagir à razão e à verdade, é um baluarte mais seguro contra o totalitarismo do que uma demonstração de sucesso material ou uma adoração devota a formas jurídicas e políticas especiais". O poder de reagir à razão e à verdade existe em todos nós. Mas, infelizmente, a tendência é reagir à falta de razão e à falsidade — sobretudo nos casos em que a falsidade evoca alguma emoção agradável, ou nos quais o apelo à irracionalidade toca fundo o caráter primitivo e subumano de nosso ser. Em certos campos de atividade, os homens aprenderam a reagir à razão e à verdade de maneira bastante consistente. Os autores de artigos eruditos não apelam às paixões de seus companheiros cientistas e tecnólogos. Eles estabelecem, baseados em seus melhores conhecimentos, o que é a verdade sobre algum aspecto particular da realidade, usam a razão para explicar os fatos que observaram e sustentam seu ponto de vista com argumentos que apelam à razão em outras pessoas. Tudo isso é bastante fácil nos campos da ciência física e da tecnologia. É muito mais difícil nos campos da política, da religião e da ética. Aqui, os fatos relevantes muitas vezes nos escapam. Quanto ao significado dos fatos, é claro que ele depende do sistema de ideias em particular, e como você escolhe interpretá-los. E essas não são as únicas dificuldades que confrontam o buscador da verdade racional. Nas esferas pública e privada, muitas vezes simplesmente não há tempo para coletar os fatos relevantes ou avaliar seu significado de maneira adequada. Somos forçados a agir com base em evidências insuficientes e a uma luz bem menos estável do que a da lógica. Mesmo com a maior boa vontade do mundo, nem sempre conseguimos ser fiéis à verdade ou consistentemente racionais. Tudo o que está em nosso poder é sermos tão verdadeiros e racionais quanto as circunstâncias nos permitem ser, e responder da melhor forma possível à verdade limitada e aos raciocínios imperfeitos oferecidos para nossa consideração pelos outros.

"Se uma nação espera ser ignorante e livre", disse Jefferson, "ela espera o que nunca foi e nunca será. [...] As pessoas não podem estar seguras sem informação. Quando a imprensa é livre e todo homem é capaz de ler, tudo está seguro." Do outro lado do Atlântico, outro crente apaixonado pela razão estava pensando ao mesmo tempo em termos semelhantes. Eis aqui o que John Stuart Mill escreveu sobre seu pai, o filósofo utilitarista James Mill:

> Tão completa era a sua confiança na influência da razão sobre as mentes da humanidade, sempre que é permitido alcançá-las, que ele sentia como se tudo fosse ganho caso toda a população fosse capaz de ler, e se todos os tipos de opiniões lhes pudessem ser dirigidos pela palavra ou pelos escritos, e se pelo sufrágio eles pudessem nomear uma legislatura para dar efeito às opiniões que tivessem adotado.

Tudo está seguro, tudo seria ganho! Mais uma vez, ouvimos a nota de otimismo do século XVIII. Jefferson, verdade seja dita, além de otimista era realista. Ele sabia pela própria experiência amarga que a liberdade de imprensa pode ser vergonhosamente abusiva. "Não se pode mais crer em nada", declarou ele, "que se lê em um jornal hoje." Mas ainda assim ele insistia (e só podemos concordar com ele), "dentro dos limites da verdade, a imprensa é uma instituição nobre, tão amiga da ciência quanto das liberdades civis". A comunicação em massa, resumindo, não é boa nem ruim; é apenas uma força e, como qualquer outra força, pode ser utilizada para o bem ou para o mal. Usados de um jeito, a imprensa, o rádio e o cinema são indispensáveis para a sobrevivência da democracia. Usados de outro, eles estão entre as armas mais poderosas do arsenal do ditador. No campo das comunicações de massa, como em quase todas as outras áreas, a tecnologia e o progresso têm prejudicado o Pequeno Homem e auxiliado o Grande Homem. Até cinquenta anos atrás, todo país democrático poderia se orgulhar de ter um grande número de pequenas revistas e jornais locais. Milhares de editores de cidades do interior costumavam expressar milhares de opiniões independentes. Não importava onde, quase qualquer pessoa podia imprimir quase tudo. Hoje, a imprensa ainda é legalmente livre; mas a maioria dos pequenos jornais desapareceu. O custo da polpa de madeira, das modernas máquinas de impressão e da distribuição de notícias é muito alto para o Pequeno Homem. No Oriente totalitário existe censura política, e a mídia de comunicação de massa é controlada pelo Estado. No Ocidente democrático existe censura econômica, e os meios de comunicação de massa são controlados por membros da Elite do Poder. A censura pelo aumento de custos e a concentração do poder de comunicação nas mãos de algumas poucas grandes empresas são menos questionáveis do que a propriedade do Estado e a propaganda governamental; mas com certeza não é algo que um democrata jefferso-niano poderia aprovar.

Em relação à propaganda, os primeiros defensores da alfabetização universal e de uma imprensa livre viam ape-nas duas possibilidades: a propaganda podia ser verdadeira ou falsa. Eles não previram o que de fato aconteceu, acima de tudo em nossas democracias capitalistas ocidentais: o desenvolvimento de uma vasta indústria de comunicações de massa, preocupada de modo geral nem com o verdadeiro nem com o falso, mas com o irreal, o mais ou menos irre-levante. Resumindo, eles não levaram em consideração o apetite quase infinito do homem por distrações.

No passado, a maioria das pessoas nunca teve a chance de satisfazer por completo esse apetite. Elas podiam desejar distrações, mas as distrações não eram oferecidas. O Natal só vinha uma vez por ano, as festas eram "solenes e raras", havia poucos leitores e muito pouco para ler, e a coisa mais próxima de um cinema de bairro era a igreja da paróquia, onde as apre-sentações, embora frequentes, eram um tanto monótonas. Para condições mesmo remotamente comparáveis às de hoje, precisamos voltar à Roma imperial, onde o bom humor da população era mantido através de doses frequentes e gratuitas de muitos tipos de entretenimento: de dramas poéticos a lu-tas de gladiadores, de recitações de Virgílio ao boxe vale-tudo, de concertos a paradas militares e execuções públicas. Mas nem mesmo em Roma havia algo parecido com a distração contínua agora fornecida pelos jornais e revistas, pelo rádio, pela televisão e pelo cinema. Em *Admirável mundo novo*, dis-trações ininterruptas do tipo mais fascinante (o cinema per-ceptível, orgialegria, a bola centrífuga) são deliberadamente usadas como instrumentos de policiamento, com o objetivo de impedir que as pessoas prestem muita atenção nas realidades da situação social e política. O outro mundo da religião é diferente do outro mundo do entretenimento; mas eles se assemelham por serem decididamente "não deste mundo". Ambos são distrações e, se vividas sempre com muita intensidade, podem se tornar, na expressão de Marx, "o ópio do povo" e, portanto, uma ameaça à liberdade. Apenas os vigilantes conseguem manter suas liberdades, e apenas aqueles que estão constante e inteligentemente atentos podem esperar governar-se de modo eficaz por procedimentos democráticos. Uma sociedade cujos membros, em sua maioria, passam uma grande parte do tempo não no momento presente, não no aqui e agora nem no futuro próximo, mas em outro lugar, nos outros mundos irrelevantes dos esportes e das novelas, da mitologia e da fantasia metafísica, achará difícil resistir às invasões daqueles que querem manipulá-la e controlá-la.

Em sua propaganda, os ditadores de hoje confiam sobretudo na repetição, na supressão e na racionalização — a repetição de palavras-chave que eles desejam que sejam aceitas como verdades, a supressão de fatos que eles desejam que sejam ignorados, o despertar e a racionalização de paixões que podem ser usados no interesse do partido ou do Estado. À medida que a arte e a ciência da manipulação vão sendo melhor compreendidas, os ditadores do futuro, sem dúvida, aprenderão a combinar essas técnicas com as distrações ininterruptas que, no Ocidente, agora estão ameaçando afogar em um mar de irrelevância a propaganda racional essencial para a manutenção da liberdade individual e a sobrevivência das instituições democráticas.

Capítulo V

Propaganda em tempos de ditadura

Em seu julgamento depois da Segunda Guerra Mundial, o ministro de Armamentos de Hitler, Albert Speer, proferiu um longo discurso no qual, com notável agudeza, descreveu a tirania nazista e analisou seus métodos. "A ditadura de Hitler", disse ele,

diferia em um ponto fundamental de todas as suas antecessoras na história. Foi a primeira ditadura no período atual de desenvolvimento técnico moderno, uma ditadura que fez uso completo de todos os meios técnicos para a dominação de seu próprio país. Por intermédio de dispositivos técnicos como o rádio e o alto-falante, 80 milhões de pessoas foram privadas de pensamento independente. Foi assim possível submetê-las à vontade de um homem [...]. Ditadores anteriores precisavam de assistentes altamente qualificados mesmo no nível mais baixo — homens que pudessem pensar e agir com independência. O sistema totalitário no período do desenvolvimento técnico moderno pôde dispensar esses homens; graças aos métodos modernos de comunicação, é possível mecanizar a liderança de nível mais baixo. Como resultado disso, surgiu o novo tipo de recipiente acrítico de ordens.

No admirável mundo novo de minha fábula profética, a tecnologia avançou muito além do ponto que havia alcançado nos tempos de Hitler; portanto, os recipientes de ordens eram muito menos críticos do que seus nazistas homólogos, muito mais obedientes à elite que comanda. Além disso, eles foram geneticamente padronizados e condicionados depois do nascimento para desempenhar suas funções subordinadas e, portanto, pode-se confiar que seu comportamento seja quase tão previsível quanto o das máquinas. Como veremos em um capítulo posterior, esse condicionamento da "liderança de baixo nível" já está acontecendo nas ditaduras comunistas. Os chineses e russos não contam apenas com esforços indiretos de tecnologia avançada; eles estão trabalhando diretamente nos organismos psicofísicos de seus líderes de baixo nível, sujeitando mentes e corpos a um sistema de condicionamento implacável e, ao que tudo indica, altamente eficaz. "Muitos homens", disse Speer, "foram assombrados pelo pesadelo de que um dia as nações possam ser dominadas por meios técnicos. Esse pesadelo foi quase realizado no sistema totalitário de Hitler." Quase, mas não por completo. Os nazistas não tiveram tempo — e talvez não tivessem a inteligência e o conhecimento necessários — para fazer lavagem cerebral e condicionar sua liderança de nível mais baixo. Essa pode ser uma das razões pelas quais falharam.

Desde os tempos de Hitler, o arsenal de dispositivos técnicos à disposição de um ditador potencial foi consideravelmente ampliado. Assim como o rádio, o alto-falante, a câmera de imagens em movimento e a imprensa rotativa, o propagandista contemporâneo pode fazer uso da televisão para transmitir a imagem e também a voz de seu cliente, e pode gravar imagem e voz em bobinas de fita magnética. Graças ao progresso tecnológico, o Grande Irmão pode agora ser quase tão onipresente quanto Deus. Também não é apenas na frente técnica que as cartas na mão de um futuro ditador ganharam mais força. Desde os tempos de Hitler, muito trabalho tem sido realizado nas áreas de psicologia e neurologia aplicadas, que são o território do propagandista, do doutrinador e do manipulador. No passado, esses especialistas na arte de mudar a mente das pessoas eram empiristas. A partir de uma metodologia de tentativa e erro, eles desenvolveram uma série de técnicas e procedimentos, que usaram de modo muito eficaz sem, no entanto, saber com precisão o porquê dessa eficácia. Hoje, a arte de controle da mente está em processo de se tornar uma ciência. Os praticantes dessa ciência sabem o que estão fazendo e por que o fazem. Eles são orientados em seu trabalho por teorias e hipóteses solidamente estabelecidas em uma base maciça de evidências experimentais. Graças aos novos insights e às novas técnicas possibilitadas por esses insights, o pesadelo que foi "quase realizado no sistema totalitário de Hitler" pode em breve ser completamente realizável.

Porém, antes de discutirmos esses novos insights e técnicas, vamos dar uma olhada no pesadelo que quase se tornou realidade na Alemanha nazista. Quais foram os métodos usados por Hitler e Goebbels para "privar 80 milhões de pessoas de pensamento independente e submetê-las à vontade de um homem"? E qual era a teoria de natureza humana na qual aqueles métodos terrivelmente bem-sucedidos se basearam? Essas perguntas podem ser respondidas, em sua maior parte, com as palavras do próprio Hitler. E que palavras notavelmente claras e astutas elas são! Quando escreve sobre abstrações tão vastas como raça, história e providência, Hitler é estritamente ilegível. Mas quando ele escreve sobre as massas alemãs e os métodos que usou para dominá-las e direcioná-las, seu estilo muda. O absurdo dá lugar ao sentido, bombástico a ponto de uma lucidez fervorosa e cínica. Em suas elucubrações filosóficas, Hitler estava ou sonhando acordado de forma um tanto nebulosa, ou reproduzindo ideias mal-acabadas de outras pessoas. Em seus comentários sobre multidões e propaganda, ele escrevia sobre coisas que sabia por experiência própria. Nas palavras de seu mais hábil biógrafo, o sr. Alan Bullock, "Hitler foi o maior demagogo da história". Aqueles que acrescentarem "apenas um demagogo" deixarão de apreciar a natureza do poder político em uma era de política de massa. Como ele mesmo disse: "Ser um líder significa ser capaz de mover as massas". O objetivo de Hitler era primeiro mover as massas, e em seguida, depois de tê-las libertado de suas lealdades e moralidades tradicionais, impor a elas (com o consentimento hipnotizado da maioria) uma nova ordem autoritária de sua própria concepção. "Hitler", escreveu Hermann Rauschning em 1939,

tem um profundo respeito para com a Igreja católica e a Ordem dos Jesuítas; não por causa de sua doutrina cristã, e sim pela "máquina" que eles elaboraram e controlavam, seu sistema hierárquico, suas táticas extremamente inteligentes, seu conhecimento da natureza humana e seu uso sábio das fraquezas humanas para governar sobre os crentes.

Eclesiasticismo sem cristianismo, a disciplina de uma regra monástica, não por amor a Deus ou a fim de alcançar a salvação pessoal, mas pelo Estado e para a maior glória e poder do demagogo transformado em líder — esse era o objetivo ao qual o movimento sistemático das massas deveria se dirigir.

Vamos ver o que Hitler pensava das massas que movimentava e como ele fez essa movimentação. O primeiro princípio do qual ele partiu foi um juízo de valor: as massas são totalmente desprezíveis. Eles são incapazes de pensamento abstrato e desinteressado em qualquer fato fora do círculo de sua experiência imediata. O comportamento delas é determinado não pelo conhecimento e pela razão, mas por sentimentos e impulsos inconscientes. É nesses impulsos e sentimentos que "as raízes de suas atitudes positivas e também negativas são implantadas". Para obter sucesso, um propagandista deve aprender a manipular esses instintos e emoções.

A força motriz que mais trouxe tremendas revoluções nesta terra nunca foi um corpo de ensinamento científico que ganhou poder sobre as massas, mas sempre uma devoção que as inspirou, e muitas vezes uma espécie de histeria que as incitou a agir. Quem deseja conquistar as massas deve conhecer a chave que abrirá a porta de seus corações.

No jargão pós-freudiano, de seu inconsciente.

Hitler fez seu apelo mais forte aos membros da classe média baixa que foram arruinados pela inflação de 1923 e, em seguida, arruinados de novo pela depressão de 1929 e pelos anos subsequentes. "As massas" de quem ele fala eram esses milhões confusos, frustrados e cronicamente ansiosos. Para fazer deles uma massa mais concreta, mais homogeneamente subumana, ele os reuniu, aos milhares e às dezenas de milhares, em vastos salões e arenas, onde os indivíduos podiam perder sua identidade pessoal, até mesmo sua humanidade elementar, e se fundir com a multidão. Um homem ou uma mulher faz contato direto com a sociedade de duas maneiras: como membro de algum grupo familiar, profissional ou religioso, ou como membro de uma multidão. Os grupos são capazes de ser tão morais e inteligentes quanto os indivíduos que os formam; uma multidão é caótica, não tem propósito próprio e é capaz de qualquer coisa, exceto ação inteligente e pensamento realista. Reunidas em uma multidão, as pessoas perdem seus poderes de raciocínio e sua capacidade de escolha moral. Sua sugestionabilidade é aumentada a um ponto em que elas deixam de ter qualquer juízo ou vontade própria. Elas se tornam muito excitáveis, perdem todo o senso de individualidade ou de responsabilidade coletiva, e estão sujeitas a acessos repentinos de raiva, entusiasmo e pânico. Resumindo, um homem no meio da multidão se comporta como se tivesse engolido uma grande dose de algum poderoso intoxicante. Ele é uma vítima do que chamei de "envenenamento de rebanho". Assim como o álcool, o veneno de rebanho é uma droga ativa e de extroversão. O indivíduo intoxicado pela multidão foge da responsabilidade, inteligência e moralidade e entra em uma espécie de irracionalidade frenética e animal.

Durante sua longa carreira como agitador, Hitler estudou os efeitos do veneno de rebanho e aprendeu como explorá-los para seus próprios objetivos. Ele descobriu que o orador pode apelar para aquelas "forças ocultas" que motivam as ações dos homens de modo muito mais eficaz do que o escritor. Ler é uma atividade privada, não coletiva. O escritor fala apenas para indivíduos, sentados sozinhos em um estado de sobriedade normal. O orador fala para massas de indivíduos, já bem preparadas com veneno de rebanho. Eles estão à sua mercê e, se ele conhece bem seu negócio, pode fazer o que quiser com eles. Como orador, Hitler conhecia seu negócio muitíssimo bem. Ele foi capaz, em suas próprias palavras, de "seguir a liderança da grande massa de tal maneira que, a partir da emoção viva de seus ouvintes, a palavra apropriada que ele necessitasse lhe seria sugerida e, por sua vez, isso iria direto ao coração de seus ouvintes". Otto Strasser o chamou de "um alto-falante, proclamando os desejos mais secretos, os instintos menos admissíveis, os sofrimentos e as revoltas pessoais de toda uma nação". Vinte anos antes de a Madison Avenue embarcar na "pesquisa motivacional", Hitler estava explorando e sugando de modo sistemático os temores e as esperanças secretas, os desejos, as ansiedades e frustrações das massas alemãs. É manipulando "forças ocultas" que os especialistas em publicidade nos induzem a comprar seus produtos: uma pasta de dente, uma marca de cigarro, um candidato político. E é apelando às mesmas forças ocultas — e a outras muito mais perigosas para que a Madison Avenue se intrometa — que Hitler induziu as massas alemãs a comprar um Führer, uma filosofia insana e a Segunda Guerra Mundial.

Ao contrário das massas, os intelectuais têm gosto pela racionalidade e interesse pelos fatos. Seu hábito mental crítico os torna resistentes para o tipo de propaganda que funciona tão bem para a maioria. Entre as massas, "o instinto é supremo, e do instinto vem a fé. [...] Enquanto as pessoas comuns saudáveis cerram instintivamente suas fileiras para formar uma comunidade do povo" (sob o comando de um líder, escusado dizer), "os intelectuais correm para cá e para lá, como galinhas num aviário. Com eles, não se pode fazer história; eles não podem ser usados como elementos que compõem uma comunidade". Os intelectuais são o tipo de pessoa que exige evidências e se choca com inconsistências lógicas e falácias. Eles consideram a simplificação excessiva como o pecado original da mente e não encontram utilidade nos slogans, nas afirmações desqualificadas e generalizações abrangentes que são a matéria-prima do propagandista. "Toda propaganda eficaz", escreveu Hitler, "deve se restringir a algumas necessidades básicas e depois ser expressa por algumas fórmulas estereotipadas." Essas fórmulas estereotipadas devem ser sempre repetidas, pois "apenas a repetição constante vai finalmente conseguir imprimir uma ideia na memória de uma multidão". A filosofia nos ensina a sentir incertezas sobre as coisas que nos parecem evidentes. A propaganda, por outro lado, nos ensina a aceitar como evidentes aquelas questões sobre as quais seria razoável suspender nosso julgamento ou sentir dúvidas. O objetivo do demagogo é criar coerência social sob sua própria liderança. Mas, como Bertrand Russell apontou, "sistemas de dogma sem bases empíricas, como o escolasticismo, o marxismo e o fascismo, têm a vantagem de produzir uma grande coerência social entre seus discípulos". O propagandista demagógico deve, portanto, ser consistentemente dogmático. Todas as suas declarações são feitas sem qualificação. Não há tons de cinza em sua imagem do mundo; tudo é diabolicamente preto ou celestialmente branco.

Nas palavras de Hitler, o propagandista deve adotar "uma atitude sistematicamente unilateral em relação a todo problema que precisa ser resolvido". Ele nunca deve admitir que pode estar errado ou que as pessoas com um ponto diferente de vista possam estar sequer parcialmente corretas. Não se deve discutir com os oponentes; deve-se atacá-los, gritar com eles ou, caso se tornem muito incômodos, liquidá-los. O intelectual moralmente sensível pode ficar chocado com esse tipo de coisa. Mas as massas estão sempre convencidas de que "o lado do agressor ativo tem razão".

Essa, então, era a opinião de Hitler sobre a humanidade em massa. Era uma opinião muito baixa. Era também uma opinião incorreta? A árvore se conhece por seus frutos, e uma teoria da natureza humana que inspirou um tipo de técnica tão terrivelmente eficaz deve conter pelo menos um elemento de verdade. Virtude e inteligência pertencem a seres humanos como indivíduos que se associam livremente com outros indivíduos em pequenos grupos. Assim como o pecado e a estupidez. Mas a irracionalidade subumana à qual o demagogo faz seu apelo, a imbecilidade moral em que ele confia quando incita suas vítimas à ação, são características não de homens e mulheres como indivíduos, mas de homens e mulheres em massa. A irracionalidade e a idiotice moral não são atributos caracteristicamente humanos; são sintomas de envenenamento em rebanho. Em todas as religiões mais elevadas do mundo, salvação e iluminação são para indivíduos. O reino dos céus está dentro da mente de uma pessoa, não dentro da inconsciência coletiva de uma multidão. Cristo prometeu estar presente onde dois ou três estiverem reunidos. Ele não disse nada sobre estar presente onde milhares estão intoxicando uns aos outros com veneno de rebanho. Sob o domínio dos nazistas, um número enorme de pessoas foi compelido a gastar grande quantidade de tempo marchando em fileiras cerradas do ponto A para o ponto B e de volta para o ponto A. "Essa manutenção de toda a população em marcha parecia uma perda de tempo e energia sem sentido. Só muito mais tarde", acrescenta Hermann Rauschning,

> foi que isso se revelou uma intenção sutil baseada em um ajuste bem julgado de fins e meios. A marcha desvia os pensamentos dos homens. A marcha mata o pensamento. A marcha põe fim à individualidade. A marcha é o passe de mágica indispensável realizado a fim de acostumar as pessoas a uma atividade mecânica, quase ritualística, até que ela se torne uma segunda natureza.

De seu ponto de vista e no nível em que escolheu fazer seu trabalho terrível, Hitler estava perfeitamente correto em sua análise da natureza humana. Para aqueles de nós que olham para homens e mulheres como indivíduos em vez de membros de multidões ou de coletivos organizados, ele parece terrivelmente errado. Em uma era de superpopulação acelerada, de superorganização acelerada e de meios cada vez mais eficientes de comunicação de massa, como podemos preservar a integridade e reafirmar o valor do indivíduo humano? Essa é uma pergunta que ainda pode ser feita e talvez respondida de maneira eficiente. Daqui a uma geração, pode ser tarde demais para encontrar uma resposta e talvez impossível, no clima coletivo sufocante daquele tempo futuro, até mesmo fazer tal pergunta.

Capítulo VI
As artes da venda

A sobrevivência da democracia depende da capacidade de um grande número de pessoas para fazer escolhas realistas com base em informações adequadas. Uma ditadura, por outro lado, se mantém por meio da censura ou da distorção dos fatos, e apelando não para a razão, não para o interesse pessoal esclarecido, mas para a paixão e o preconceito, para as poderosas "forças ocultas", como Hitler as chamou, presentes nas profundezas inconscientes de cada mente humana.

No Ocidente, os princípios democráticos são proclamados e muitos publicitários capazes e conscienciosos fazem o melhor possível para fornecer aos eleitores informações adequadas e persuadi-los, por meio de argumentos racionais, a fazerem escolhas realistas com base nessas informações. Tudo isso é muito bom. Mas, infelizmente, a propaganda nas democracias ocidentais, sobretudo na América, tem duas faces e uma personalidade dividida. No comando do departamento editorial, muitas vezes há um dr. Jekyll democrático: um propagandista que teria o maior prazer em provar que John Dewey estava certo a respeito da capacidade da natureza humana para responder à verdade e à razão. Mas esse homem digno controla apenas uma parte da máquina de comunicação de massa. O responsável pela publicidade é um antidemocrático, porque antirracional, sr. Hyde — ou melhor, um dr. Hyde, pois Hyde é agora um ph.D. em psicologia e também tem mestrado em ciências sociais. Esse dr. Hyde ficaria muito infeliz se todos sempre vivessem de acordo com a fé de John Dewey na natureza humana. Verdade e razão são assuntos de Jekyll, não dele. Hyde é um analista de motivação e seu negócio é estudar as fraquezas e falhas humanas, investigar os desejos e medos inconscientes pelos quais se determina tanto do pensamento consciente dos homens e seu fazer explícito. E ele faz isso não no espírito do moralista que gostaria de tornar as pessoas melhores, nem no do médico que gostaria de melhorar a saúde delas, mas apenas para descobrir a melhor maneira de tirar vantagem de sua ignorância e para explorar sua irracionalidade em benefício pecuniário de seus empregadores. Mas, afinal, pode-se argumentar, "o capitalismo está morto, o consumismo é rei" — e o consumismo requer os serviços de vendedores especializados versados em todas as artes (incluindo as artes mais insidiosas) de persuasão. Em um sistema de livre iniciativa, a propaganda comercial por todos os meios possíveis é absolutamente indispensável. Mas o indispensável não é sempre o desejável. O que é comprovadamente bom na esfera econômica pode estar longe de ser bom para homens e mulheres como eleitores, ou mesmo como seres humanos. Uma geração anterior, mais moralista, teria ficado muito chocada com o cinismo insosso dos analistas de motivação. Hoje lemos um livro como *The Hidden Persuaders* [Os persuasores escondidos], do sr. Vance Packard, e isso nos diverte mais do que aterroriza, resigna mais do que indigna. Graças a Freud, ao behaviorismo, à necessidade cronicamente desesperada do produtor em massa pelo consumo em massa, esse é simplesmente o tipo de coisa que se espera. Mas qual, podemos perguntar, é o tipo de coisa que se espera no futuro? As atividades de Hyde são compatíveis a longo prazo com as de Jekyll? Uma campanha a favor da racionalidade pode ter sucesso em face de outra campanha ainda mais vigorosa em favor da irracionalidade? São questões às quais, por enquanto, não tentarei responder, mas deixarei pendentes, por assim dizer, como pano de fundo para nossa discussão dos métodos de persuasão em massa em uma sociedade democrática avançada em tecnologia.

A tarefa do propagandista comercial em uma democracia é de certa forma mais fácil e de outra forma mais difícil do que a de um propagandista político empregado por um ditador estabelecido ou um ditador em formação. É mais fácil no sentido de que quase todo mundo começa com uma predisposição a favor da cerveja, dos cigarros e das geladeiras, ao passo que quase ninguém começa com uma predisposição a favor dos tiranos. Isso é mais difícil, visto que ao propagandista comercial não é permitido, pelas regras de seu jogo particular, apelar aos instintos mais selvagens de seu público. O anunciante de laticínios adoraria contar aos seus leitores e ouvintes que todos os seus problemas são causados pelas maquinações de uma gangue de fabricantes de margarina internacionais ateus, e que é seu dever patriótico marchar e queimar as fábricas dos opressores. Esse tipo de coisa, entretanto, está descartado e ele deve se contentar com uma abordagem mais branda. Mas a abordagem branda é menos emocionante do que a abordagem através da violência verbal e física. A longo prazo, raiva e ódio são emoções autodestrutivas. Mas, no curto prazo, eles pagam dividendos altos na forma de uma satisfação psicológica e até (uma vez que liberam grandes quantidades de adrenalina e noradrenalina) fisiológica. As pessoas podem começar com um preconceito inicial contra tiranos; mas quando tiranos ou pretensos tiranos os tratam com propaganda que libera adrenalina sobre a perversidade de seus inimigos — em particular de inimigos fracos o suficiente para ser perseguidos —, eles estão prontos para segui-lo com entusiasmo. Em seus discursos, Hitler ficava repetindo palavras como "ódio", "força", "implacável", "esmagar"; e fazia acompanhar essas palavras violentas de gestos até mais violentos. Ele gritava, berrava, suas veias inchavam, seu rosto ficava roxo. A emoção forte (como todo ator e dramaturgo sabem) é contagiosa no mais alto grau. Infectado pelo frenesi maligno do orador, o público gemia, soluçava e gritava em uma orgia de paixão desinibida. E essas orgias eram tão agradáveis que a maioria dos que as haviam experimentado voltava ansiosa para mais. Quase todos nós desejamos paz e liberdade; mas pouquíssimos de nós têm muito entusiasmo pelos pensamentos, sentimentos e ações que contribuem para a paz e a liberdade. Por outro lado, quase ninguém quer guerra ou tirania; mas muitas pessoas encontram um intenso prazer nos pensamentos, sentimentos e ações que contribuem para a guerra e a tirania. Esses pensamentos, sentimentos e ações são perigosos demais para ser explorados com finalidade comercial. Aceitando essa desvantagem, o publicitário deve fazer o melhor que puder com as emoções menos intoxicantes, as formas mais silenciosas de irracionalidade.

A propaganda racional eficaz se torna possível apenas quando há uma compreensão clara, por parte de todos os envolvidos, da natureza dos símbolos e de suas relações com as coisas e os eventos simbolizados. A propaganda irracional depende, para sua eficácia, do fracasso generalizado em se compreender a natureza dos símbolos. Pessoas simplórias tendem a igualar o símbolo ao que ele representa, a atribuir a coisas e eventos algumas das qualidades expressas pelas palavras em termos das quais o propagandista escolheu, para seus próprios objetivos, falar sobre eles. Considere um exemplo simples. A maioria dos cosméticos é feita de lanolina, uma mistura de gordura de lã purificada e água batida em uma emulsão. Essa emulsão tem muitas propriedades valiosas: penetra na pele, não fica rançosa, é um pouco antisséptica e assim por diante. Mas os propagandistas comerciais não falam das verdadeiras virtudes da emulsão. Eles lhe dão um nome pitoresco e voluptuoso, falam de forma extática e enganosa sobre beleza feminina e mostram fotos de lindas loiras nutrindo seus tecidos com ração para a pele. "Os fabricantes de cosméticos", escreveu um deles, "não estão vendendo lanolina, estão vendendo esperança." Por essa esperança, a implicação fraudulenta de uma promessa de que elas serão transfiguradas, as mulheres pagarão dez ou vinte vezes o valor da emulsão que os propagandistas relacionaram de modo tão hábil, por meio de símbolos enganosos, com um desejo feminino profundo e quase universal — o desejo de ser mais atraente para membros do sexo oposto. Os princípios subjacentes a esse tipo de propaganda são extremamente simples. Encontre algum desejo comum, algum medo ou ansiedade inconsciente generalizada; pense em alguma forma de relacionar esse desejo ou medo ao produto que você precisa vender; em seguida, construa uma ponte de símbolos verbais ou pictóricos sobre a qual seu cliente pode passar do fato ao sonho compensatório, e do sonho para a ilusão de que seu produto, quando comprado, tornará o sonho realidade. "Não compramos mais laranjas, compramos vitalidade. Não compramos mais apenas um automóvel, compramos prestígio." E assim com todo o resto. Na pasta de dente, por exemplo, compramos não um mero limpador e antisséptico, mas a libertação do medo de ser sexualmente repulsivo. Na vodca e no uísque, não estamos comprando um veneno protoplasmático que em pequenas doses pode deprimir o sistema nervoso de uma forma válida psicologicamente; estamos comprando amizade e companheirismo, o calor de Dingley Dell e o brilho da Mermaid Tavern.[11] Com nossos laxantes, compramos a saúde de um deus grego, o esplendor de uma das ninfas de Diana. Com o best-seller do mês, adquirimos cultura, a inveja de nossos vizinhos menos letrados e o respeito dos sofisticados. Em todos os casos, o analista de motivação encontrou algum desejo ou medo profundamente arraigado, cuja energia pode ser usada para levar o cliente a abrir mão do dinheiro e assim, de modo indireto, a girar as rodas da indústria. Armazenada nas mentes e nos corpos de incontáveis indivíduos, essa energia potencial é liberada e trans-

---

11 Dingley Dell é uma área campestre fictícia criada por Charles Dickens em seu livro *As aventuras do sr. Pickwick*. Já Mermaid Tavern foi uma taverna que existiu na época de Elizabeth i, e era frequentada por dramaturgos e escritores ingleses, entre os quais Ben Jonson e John Donne, e talvez William Shakespeare.

mitida ao longo de uma fileira de símbolos cuidadosamente dispostos de modo a contornar a racionalidade e obscurecer a verdadeira questão.

Às vezes, os símbolos surtem efeito por serem desproporcionalmente impressionantes, assustadores e fascinantes por conta própria. A esse tipo pertencem os ritos e as pompas da religião. Essas "belezas de santidade" fortalecem a fé onde ela já existe e, onde não há fé, contribuem para a conversão. Apelando, como fazem, apenas para o senso estético, eles não garantem nem a verdade nem o valor ético das doutrinas às quais foram, de modo bastante arbitrário, associados. Por uma questão de simples fato histórico, as belezas da santidade muitas vezes foram correspondidas e, na verdade, até mesmo superadas pelas belezas da impiedade. Sob o comando de Hitler, por exemplo, os comícios anuais de Nuremberg foram obras-primas da arte ritual e teatral. "Eu havia passado seis anos em São Petersburgo antes da guerra nos melhores dias do antigo balé russo", escreve sir Nevile Henderson, embaixador britânico na Alemanha de Hitler, "mas em termos de beleza grandiosa, nunca vi nenhum balé que se comparasse ao comício de Nuremberg." Pode-se pensar em Keats — "beleza é verdade, verdade é beleza". Por infortúnio, a identificação existe apenas em algum nível supramundano final. Nos níveis da política e da teologia, a beleza é perfeitamente compatível com o absurdo e a tirania. O que é muito bom; pois se a beleza fosse incompatível com o absurdo e a tirania, haveria pouca arte preciosa no mundo. As obras-primas da pintura, escultura e arquitetura foram produzidas como propaganda religiosa ou política, para a maior glória de um deus, um

Retorno ao Admirável mundo novo 75

governo ou um sacerdócio. Mas a maioria dos reis e sacerdotes tem sido despótica, e todas as religiões são crivadas de superstições. O gênio tem sido o servo da tirania e a arte anuncia os méritos do culto local. O passar do tempo é que separa a boa arte da má metafísica. Poderemos aprender a fazer essa separação, não depois do evento, mas enquanto ele está realmente ocorrendo? Eis a questão.

Na propaganda comercial, o princípio do símbolo desproporcionalmente fascinante é bem compreendido. Todo propagandista tem seu Departamento de Arte, e são envidadas tentativas constantes de embelezar os outdoors com cartazes impressionantes, as páginas de publicidade de revistas com desenhos e fotografias cheios de vigor. Não há obras-primas; pois obras-primas atraem apenas um público limitado, e o propagandista comercial quer cativar a maioria. Para ele, o ideal é uma excelência moderada. É provável que aqueles que gostam dessa arte que não é tão boa assim, mas é mais ou menos marcante, também gostem dos produtos aos quais ela se associa e representa em termos simbólicos.

Outro símbolo desproporcionalmente fascinante é o comercial cantado. Comerciais cantados são uma invenção recente; mas o canto teológico e o canto devocional — o hino e o salmo — são tão antigos quanto a própria religião. Militares cantando, ou as canções de marchar, são coevos com a guerra, e os cantos patrióticos, precursores de nossos hinos nacionais, foram sem dúvida usados para promover a solidariedade de grupo, para enfatizar a distinção entre "nós" e "eles", pelos bandos errantes de caçadores paleolíticos e coletores de alimentos. Para a maior parte das pessoas, a música é intrinsecamente atraente. Além disso, as melodias tendem a se enraizar na mente do ouvinte. Uma melodia é capaz de assombrar a memória ao longo de toda uma vida. Eis aqui, por exemplo, uma declaração ou juízo de valor bastante desinteressante. Da forma como vem, ninguém vai prestar atenção nela. Mas agora encaixe as palavras em uma melodia cativante e que possa ser lembrada com facilidade. No mesmo instante elas se tornam palavras de poder. Além disso, as palavras tendem a se repetir de modo automático toda vez que a melodia é ouvida ou lembrada de forma espontânea. Orfeu fez uma aliança com Pavlov — o poder do som com o reflexo condicionado. Para o propagandista comercial, assim como para seus colegas nas áreas de política e religião, a música tem ainda outra vantagem. O disparate, que seria uma vergonha para um ser razoável escrever, falar ou ouvir falado, pode ser cantado ou ouvido por aquele mesmo ser racional com prazer e até com uma espécie de convicção intelectual. Poderemos aprender a separar o prazer de cantar ou ouvir canções da tendência demasiado humana da crença na propaganda que a música está transmitindo? Eis de novo a questão.

Graças à escolaridade obrigatória e à imprensa rotativa, o propagandista tem sido capaz, há muitos anos, de transmitir suas mensagens para praticamente todos os adultos em todos os países civilizados. Hoje, graças ao rádio e à televisão, ele está na feliz posição de poder se comunicar mesmo com adultos não escolarizados e crianças ainda não alfabetizadas.

As crianças, como era de esperar, são muito suscetíveis à propaganda. Elas são ignorantes do mundo e de seus caminhos, e portanto completamente desavisadas. Suas faculdades críticas ainda não foram desenvolvidas. Os mais novos ainda não atingiram a idade da razão e os mais velhos não têm a experiência com a qual sua recém-descoberta racionalidade pode efetivamente funcionar. Na Europa, os recrutas costumavam ser chamados de modo divertido como "bucha de canhão". Seus irmãos e irmãs mais novos agora se tornaram bucha de rádio e televisão. Em minha infância, éramos ensinados a cantar canções de roda e, em famílias religiosas, hinos. Hoje os pequenos cantam os comerciais cantantes. O que é melhor — "Rheingold é minha cerveja, a cerveja seca" ou "Ei diddle-diddle, o gato e o violino"? "Venha ficar comigo" ou "Você vai se perguntar para onde foi o amarelo, quando você escova os dentes com Pepsodent"?[12] Quem sabe?

"Não digo que as crianças devam ser forçadas a incomodar os pais a fim de que estes lhes comprem produtos que viram anunciados na televisão, mas, ao mesmo tempo, não consigo fechar os olhos para o fato de que isso está sendo feito todos os dias." Assim escreve a estrela de um dos muitos programas irradiados para um público juvenil. "As crianças", ele acrescenta, "são registros vivos e falantes do que dizemos a elas todos os dias." E no devido tempo esses registros vivos e falantes de comerciais de televisão crescerão, ganharão dinheiro e comprarão os produtos da indústria. "Pense", escreve o sr. Clyde Miller em êxtase, "pense no que isso pode significar para sua empresa em lucros se

12 Jingles rimados do rádio e da TV do Reino Unido. No original, respectivamente: *"Rheingold is my beer, the dry beer"*, *"Hey diddle-diddle, the cat and the fiddle"*, *"Abide with me"* e *"You'll wonder where the yellow went, when you brush your teeth with Pepsodent"*.

você puder condicionar um milhão ou dez milhões de crianças, que crescerão e se transformarão em adultos treinados para comprar seu produto, assim como os soldados são treinados para avançar quando ouvirem as palavras de gatilho: Recruta, marche!" Sim, é só pensar! E, ao mesmo tempo, lembre-se de que os ditadores e os pretensos ditadores pensam nesse tipo de coisa há anos, e que milhões, dezenas de milhões, centenas de milhões de crianças estão em processo de crescimento para comprar o produto ideológico do déspota local e, como soldados bem treinados, responder com comportamento adequado às palavras-gatilho implantadas nessas mentes jovens pelos propagandistas do déspota.

O autogoverno está em proporção inversa aos números. Quanto maior o número de eleitores, menor será o valor de qualquer voto em particular. Quando o eleitor individual é apenas um entre milhões, ele se sente impotente, insignificante. Os candidatos nos quais ele votou para o cargo estão bem longe, lá no topo da pirâmide do poder. Em termos teóricos, eles são os servos do povo; mas na verdade são os servos que dão ordens e é o povo, lá na base da grande pirâmide, que deve obedecer. O aumento da população e o avanço da tecnologia resultaram em um aumento no número e na complexidade das organizações, um aumento na quantidade de poder concentrado nas mãos de funcionários e uma diminuição correspondente na quantidade de controle exercido pelos eleitores, junto com uma diminuição na consideração do público para os procedimentos democráticos. Já enfraquecidas pelas vastas forças impessoais em ação no mundo moderno, as instituições democráticas agora estão sendo minadas por dentro pelos políticos e seus propagandistas.

Os seres humanos agem em uma grande variedade de maneiras irracionais, mas todos parecem ser capazes, se tiverem uma chance justa, de fazer uma escolha racional à luz das evidências disponíveis. As instituições democráticas só podem funcionar se todos os envolvidos fizerem o seu melhor para transmitir conhecimentos e incentivar a racionalidade. Mas hoje, na democracia mais poderosa do mundo, os políticos e seus propagandistas preferem tornar absurdos os procedimentos democráticos apelando quase exclusivamente a ignorância e irracionalidade dos eleitores. "Ambos os partidos", fomos informados em 1956 pelo editor de um importante jornal de negócios,

> comercializarão seus candidatos e questões usando os mesmos métodos que as empresas desenvolveram para vender mercadorias. Esses métodos incluem a seleção científica de apelos e repetição planejada [...]. Comerciais de TV e anúncios de rádio repetirão frases com uma intensidade planejada. Cartazes vão divulgar slogans de poder comprovado [...]. Os candidatos precisam, além de ter ricas vozes e boa dicção, ser capazes de olhar "com sinceridade" para a câmera de TV.

Os comerciantes políticos apelam apenas para as fraquezas dos eleitores, nunca para sua força potencial. Eles não fazem nenhuma tentativa de educar as massas para que se tornem aptas para o autogoverno; eles se contentam apenas em manipulá-las e explorá-las. Para esse propósito, todos os recursos da psicologia e das ciências sociais são mobilizados e postos em ação. Amostras do eleitorado selecionadas com cuidado são "entrevistadas em profundidade". Essas entrevistas em profundidade revelam os medos e desejos inconscientes mais prevalentes em uma determinada sociedade na época de uma eleição. Frases e imagens destinadas a acalmar ou, se necessário, aumentar esses medos, satisfazer esses desejos, pelo menos em termos simbólicos, são então escolhidas pelos especialistas, experimentadas nos leitores e públicos, alteradas ou melhoradas à luz das informações assim obtidas. Depois disso, a campanha política está pronta para os comunicadores de massa. Tudo o que basta agora é dinheiro e um candidato que pode ser treinado para parecer "sincero". Sob essa nova regra, princípios políticos e planos de ação específica acabaram perdendo muito de sua importância. A personalidade do candidato e a maneira como ele é projetado pelos especialistas em publicidade são as coisas que realmente importam.

De uma maneira ou outra, de uma forma ou outra, como homem enérgico ou pai amável, o candidato deve ser glamoroso. Ele também deve ser um *entertainer* que nunca aborrece seu público. Habituado à televisão e ao rádio, esse público está acostumado a se distrair e não gosta que lhe peçam para se concentrar ou fazer um esforço intelectual prolongado. Todos os discursos do candidato-artista devem, portanto, ser curtos e rápidos. As grandes questões do dia precisam ser tratadas em cinco minutos no máximo — e de preferência (uma vez que o público estará ansioso para passar a algo um pouco mais animado do que a inflação ou a bomba H) em sessenta segundos cravados. A natureza da oratória é tal que sempre houve uma tendência entre os políticos e religiosos de simplificar demais as questões complexas. Do alto de um púlpito ou plataforma, mesmo o mais cuidadoso dos oradores acha muito difícil dizer toda a verdade. Os métodos que ora vêm sendo usados para comercializar o candidato político como se ele fosse um desodorante com certeza garantem que o eleitorado nunca ouvirá a verdade a respeito de qualquer coisa.

Capítulo VII
Lavagem cerebral

Nos dois capítulos anteriores, descrevi as técnicas do que pode ser chamado de manipulação mental por atacado, conforme praticada pelo maior demagogo e pelos vendedores de maior sucesso na história registrada. Mas nenhum problema humano pode ser resolvido apenas por métodos no atacado. A espingarda tem seu lugar, mas também a seringa hipodérmica. Nos capítulos seguintes, descreverei algumas das técnicas mais eficazes para manipular não multidões, não públicos inteiros, mas indivíduos isolados.

No decorrer de seus experimentos que marcaram época sobre o reflexo condicionado, Ivan Pavlov observou que, quando submetidos a estresses físicos ou psíquicos prolongados, animais de laboratório exibem todos os sintomas de um colapso nervoso. Recusando-se a lidar por mais tempo com uma situação intolerável, seus cérebros entram em greve, por assim dizer, e param de trabalhar completamente (o cão perde a consciência), ou então recorrem à lentidão e à sabotagem (o cão se comporta de forma irreal ou desenvolve o tipo de sintomas físicos que, em um ser humano, chamaríamos de histéricos). Alguns animais são mais resistentes ao estresse do que outros. Cães que possuem o que Pavlov chamou de "forte constituição excitável" entram em colapso muito mais rápido que os cães de temperamento meramente "animado" (em oposição a um temperamento colérico ou agitado). Da mesma forma, cães "fracos inibitórios" chegam ao seu limite muito mais rápido do que cães "calmos e imperturbáveis". Porém, mesmo o cão mais estoico é incapaz de resistir por tempo indefinido. Se o estresse a que o animal está submetido é muito intenso ou bastante prolongado, ele acabará entrando em colapso de modo tão abjeto e completo quanto o mais fraco de sua espécie.

As descobertas de Pavlov foram confirmadas da maneira mais dolorosa, e em grande escala, durante as duas guerras mundiais. Como resultado de uma única experiência catastrófica, ou de uma sucessão de terrores menos incríveis mas repetidos com frequência, os soldados desenvolvem uma série de sintomas psicofísicos incapacitantes. Inconsciência temporária, agitação extrema, letargia, cegueira funcional ou paralisia, reações completamente irrealistas ao desafio dos eventos, reversões estranhas de padrões de comportamento de uma vida inteira — todos os sintomas, que Pavlov observou em seus cães, reapareceram entre as vítimas do que na Primeira Guerra Mundial foi chamado de "neurose de guerra" e, na Segunda, "fadiga de combate". Todo homem, assim como todo cachorro, tem seu próprio limite individual de resistência. A maioria dos homens atinge seu limite depois de cerca de trinta dias de estresse mais ou menos contínuo nas condições modernas de combate. Os mais do que medianamente suscetíveis sucumbem em apenas quinze dias. Os mais do que medianamente resistentes podem conservar-se por 45 ou até cinquenta dias. Fortes ou fracos, a longo prazo todos entram em colapso.

Todos, quero dizer, dentre aqueles que estão saudáveis no início. Pois, de modo irônico, as únicas pessoas que conseguem aguentar indefinidamente o estresse da guerra moderna são os psicóticos. A insanidade individual é imune às consequências da insanidade coletiva.

O fato de que cada indivíduo tem seu ponto de ruptura é conhecido e, de forma crua e não científica, explorado desde tempos imemoriais. Em alguns casos, a terrível desumanidade do homem para com o homem é inspirada pelo amor à crueldade, por mais horrível e fascinante que pareça. Com mais frequência, entretanto, o sadismo puro era temperado pelo utilitarismo, pela teologia ou por razões de Estado. A tortura física e outras formas de estresse foram infligidas por advogados, a fim de soltar a língua de testemunhas relutantes; por clérigos, a fim de punir os não ortodoxos e induzi-los a mudar de opinião; pela polícia secreta, para extrair confissões de pessoas suspeitas de ser hostis ao governo. Sob o comando de Hitler, a tortura, seguida de extermínio em massa, foi usada nesses hereges biológicos, os judeus. Para um jovem nazista, um período de serviço nos campos de extermínio era (nas palavras de Himmler) "a melhor doutrinação sobre os seres inferiores e as raças subumanas". Dada a qualidade obsessiva do antissemitismo que Hitler contraiu quando jovem nos cortiços de Viena, esse ressurgimento dos métodos empregados pelo Santo Ofício contra hereges e bruxas era inevitável. Mas, à luz das descobertas de Pavlov e do conhecimento adquirido por psiquiatras no tratamento das neuroses de guerra, isso parece um anacronismo hediondo e grotesco. Estresses amplamente suficientes para causar um completo colapso cerebral podem ser induzidos por métodos que, embora odiosamente desumanos, ficam aquém da tortura física.

O que quer que possa ter acontecido nos anos anteriores, há uma certeza razoável de que a tortura não é amplamente usada pela polícia comunista hoje. Eles tiram sua inspiração não do inquisidor ou do homem da ss, mas do fisiologista e de seus animais de laboratório metodicamente condicionados. Para o ditador e seus policiais, as descobertas de Pavlov têm implicações práticas importantes. Se o sistema nervoso central dos cães pode ser atingido, o sistema nervoso central de presos políticos também pode. É apenas uma questão de aplicar a quantidade certa de estresse pelo período certo de tempo. No final do tratamento, o prisioneiro ficará em estado de neurose ou histeria, e estará pronto para confessar tudo o que seus captores quiserem que ele confesse.

Mas a confissão não basta. Um neurótico sem esperança não é de utilidade para ninguém. O que o ditador inteligente e prático precisa não é de um paciente a ser institucionalizado, ou uma vítima a ser fuzilada, mas um convertido que trabalhará para a causa. Voltando-se mais uma vez para Pavlov, ele aprende que, a caminho do ponto de colapso final, os cães se tornam mais do que normalmente sugestionáveis. Novos padrões de comportamento podem facilmente ser instalados enquanto o cão está no limite da resistência de seu cérebro ou perto disso, e esses novos padrões de comportamento parecem inerradicáveis. O animal em que eles forem implantados não pode ser descondicionado; aquilo que ele aprendeu sob estresse permanecerá como uma parte integrante de sua composição.

Estresses psicológicos podem ser produzidos de várias maneiras. Os cães ficam perturbados quando os estímulos são excepcionalmente fortes; quando o intervalo entre um estímulo e a resposta habitual é prolongado de forma indevida e o animal é deixado em um estado de suspense; quando o cérebro é confundido por estímulos que vão contra o que o cão aprendeu a esperar; quando os estímulos não fazem sentido dentro do quadro de referência estabelecido da vítima. Além disso, verificou-se que a indução deliberada de medo, raiva ou ansiedade aumenta significativamente a sugestionabilidade do cachorro. Se essas emoções forem mantidas em um alto nível de intensidade por tempo suficiente, o cérebro entra em "greve". Quando isso acontece, novos padrões de comportamento podem ser instalados com a maior facilidade.

Entre os estresses físicos que aumentam a sugestionabilidade de um cão estão a fadiga, as feridas e todas as formas de doenças.

Para o suposto ditador, essas descobertas têm importantes implicações práticas. Elas provam, por exemplo, que Hitler estava certíssimo ao sustentar que as reuniões em massa à noite eram mais eficientes do que as reuniões em massa durante o dia. Ele escreveu que, durante o dia, "a força de vontade do homem se revolta com a maior energia contra qualquer tentativa de ser forçado sob a vontade e a opinião dos outros. À noite, no entanto, eles sucumbem mais fácil à força dominante de uma vontade mais forte".

Pavlov teria concordado com ele; a fadiga aumenta a sugestionabilidade. (É por isso que, dentre outras razões, os patrocinadores comerciais dos programas de televisão

Retorno ao Admirável mundo novo 87

preferem as horas da noite e estão prontos para bancar sua preferência com dinheiro vivo.)

A doença é ainda mais eficaz do que a fadiga como intensificador de sugestionabilidade. No passado, as enfermarias foram palco de inúmeras conversões religiosas. O ditador do futuro cientificamente treinado terá todos os hospitais em seus domínios preparados para equipamento sonoro e equipados com alto-falantes nos travesseiros. A persuasão enlatada estará no ar 24 horas por dia, e os pacientes mais importantes serão visitados por salvadores de almas políticos e transformadores da mente, assim como, no passado, seus ancestrais foram visitados por padres, freiras e leigos piedosos.

O fato de que fortes emoções negativas tendem a aumentar a sugestionabilidade e, por consequência, facilitar a mudança de ideias foi observado e explorado muito antes dos dias de Pavlov. Como o dr. William Sargant ressaltou em seu esclarecedor livro *Battle for the Mind* [Batalha pela mente], o enorme sucesso de John Wesley[13] como pregador foi baseado em uma compreensão intuitiva do sistema nervoso central. Ele abria seus sermões com uma descrição longa e detalhada dos tormentos aos quais, a menos que fossem submetidos à conversão, seus ouvintes seriam condenados por toda a eternidade. Então, quando o terror e um sentimento agonizante de culpa já haviam levado seu público ao limite — ou, em alguns casos, a além do limite — de

13 John Wesley foi um clérigo e teólogo inglês do século XVIII, líder de um movimento de reforma na Igreja anglicana. Após sua morte, em 1791, houve a separação, e a dissidência ficou conhecida como Igreja Metodista.

um colapso cerebral completo, ele mudava o tom de voz e prometia salvação para aqueles que acreditassem e se arrependessem. Com esse tipo de pregação, Wesley converteu milhares de homens, mulheres e crianças. O medo intenso e prolongado se dissipava e produzia um estado de sugestionabilidade muito intensificada. Nesse estado, eles eram capazes de aceitar os pronunciamentos teológicos do pregador sem questionar. Depois disso, eles eram reintegrados por palavras de conforto, e emergiam de sua provação com novos e geralmente melhores padrões de comportamento implantados de forma indelével em seu sistema nervoso e sua mente.

A eficácia da propaganda política e religiosa depende dos métodos empregados, não das doutrinas ensinadas. Essas doutrinas podem ser verdadeiras ou falsas, salutares ou perniciosas — isso faz pouca ou nenhuma diferença. Se a doutrinação for dada de maneira certa no estágio adequado de exaustão nervosa, funcionará. Sob condições favoráveis, praticamente todos podem ser convertidos em praticamente qualquer coisa.

Temos descrições detalhadas dos métodos usados pela polícia comunista para lidar com presos políticos. Desde o momento em que é levada sob custódia, a vítima é submetida de maneira sistemática a muitos tipos de estresse físico e psicológico. Ela é mal alimentada, é deixada em um estado extremamente desconfortável, não tem permissão de dormir por mais de algumas horas todas as noites. E o tempo todo ela é mantida em um estado de suspense, incerteza e apreensão aguda. Dia após dia — ou melhor, noite após noite, pois esses policiais pavlovianos entendem o valor da fadiga como um intensificador da sugestionabilidade — ela é questionada, muitas vezes por horas a fio, por interrogadores que fazem o possível para assustá-la, confundi-la e desorientá-la. Depois de algumas semanas ou meses desse tipo de tratamento, seu cérebro entra em greve e ela confessa tudo o que seus captores quiserem que ela confesse. Então, se a intenção for convertê-la em vez de fuzilá-la, lhe é oferecido o conforto da esperança. Se ela aceitar a verdadeira fé, ainda poderá ser salva — não, claro, na próxima vida (pois, oficialmente, não existe próxima vida), mas nesta.

Métodos semelhantes, porém menos drásticos, foram usados em prisioneiros militares durante a Guerra da Coreia. Em seus campos chineses, os jovens cativos ocidentais eram sistematicamente submetidos ao estresse. Portanto, pelas violações mais triviais das regras, os infratores eram convocados ao escritório do comandante, onde seriam interrogados, intimidados e humilhados em público. E o processo seria repetido, várias vezes, a qualquer hora do dia ou da noite. Esse assédio contínuo produzia em suas vítimas uma sensação de perplexidade e ansiedade crônica. Para intensificar seu sentimento de culpa, os prisioneiros eram obrigados a escrever e reescrever, em detalhes cada vez mais íntimos, longos relatos autobiográficos de suas deficiências. E depois de confessar seus próprios pecados, eram obrigados a confessar os pecados de seus companheiros. O objetivo era criar dentro do campo uma sociedade de pesadelo, na qual todos espionavam e informavam contra todos os outros. A essas tensões mentais se somavam os estresses físicos da desnutrição, do desconforto e da doença. O aumento da sugestionabilidade assim induzida foi explorado com grande habilidade pelos chineses, que despejaram nessas mentes anormalmente receptivas grandes doses de literatura pró-comunista e anticapitalista. Essas técnicas pavlovianas eram muito bem-sucedidas. Um em cada sete prisioneiros americanos era culpado, como nos foi oficialmente informado, de grave colaboração com as autoridades chinesas, e um em cada três, de colaboração técnica.

Não se deve supor que esse tipo de tratamento seja reservado pelos comunistas exclusivamente para seus inimigos. Os jovens trabalhadores do campo, cujo serviço era, durante os primeiros anos do novo regime, atuar como missionários comunistas e organizadores nas inúmeras cidades e vilas chinesas, eram obrigados a fazer um curso de doutrinação muito mais intenso do que qualquer prisioneiro de guerra já fizera. Em sua obra *China under Communism* [A China sob o comunismo], R. L. Walker descreve os métodos pelos quais os líderes do partido são capazes de fabricar, a partir de homens e mulheres comuns, os milhares de fanáticos abnegados necessários para espalhar o evangelho comunista e fazer cumprir as políticas comunistas. Sob esse sistema de treinamento, a matéria-prima humana é enviada para campos especiais, onde os treinandos ficam completamente isolados de seus amigos, dos familiares e do mundo exterior em geral. Nesses campos, eles são levados a realizar exercícios físicos e mentais exaustivos; nunca estão sozinhos, sempre em grupos; são incentivados a espionarem uns aos outros; são obrigados a escrever autobiografias autoacusatórias; vivem com um medo crônico do terrível destino que pode vir a lhes acontecer por conta do que foi dito sobre eles pelos informantes ou pelo que eles próprios confessaram. Nesse estado de sugestionabilidade elevada, eles recebem um curso intensivo em marxismo teórico e aplicado — um curso em que a reprovação nos exames pode significar qualquer coisa, desde expulsão ignominiosa a um período em um campo de trabalhos forçados ou mesmo execução. Depois de cerca de seis meses desse tipo de coisa, o estresse físico e mental prolongado produz os resultados que as descobertas de Pavlov levariam a esperar. Um depois do outro, ou em grupos inteiros, os treinandos se desagregam. Sintomas neuróticos e histéricos aparecem. Algumas das vítimas se suicidam, outras (até onde sabemos, até 20% do total) desenvolvem uma doença mental grave. Aqueles que sobrevivem aos rigores do processo de conversão emergem com novos e inerradicáveis padrões de comportamento. Todos os seus laços com o passado — amigos, família, decências e devoções tradicionais — foram cortados. Eles são novos homens, recriados à imagem de seu novo deus e totalmente dedicados a seu serviço.

Em todo o mundo comunista, dezenas de milhares desses jovens disciplinados e dedicados estão saindo todos os anos de centenas de centros de condicionamento. O que os jesuítas fizeram pela Igreja romana da Contrarreforma, esses produtos de um treinamento mais científico e ainda mais rigoroso estão fazendo agora, e sem dúvida continuarão a fazer, para os partidos comunistas da Europa, Ásia e África.

Na política, Pavlov parece ter sido um liberal antiquado. Mas, por uma estranha ironia do destino, suas pesquisas e as teorias que ele baseou nelas chamaram à existência um grande exército de fanáticos dedicado de coração e alma, reflexo e sistema nervoso à destruição do liberalismo à moda antiga, onde quer que possa ser encontrado.

A lavagem cerebral, do jeito que é praticada agora, é uma técnica híbrida, que depende, para sua eficácia, em parte do uso sistemático da violência, em parte da manipulação psicológica hábil. Representa a tradição de *1984* em seu caminho para se tornar a tradição do *Admirável mundo novo*. Sob uma ditadura há muito estabelecida e bem regulamentada, nossos métodos atuais de manipulação semiviolenta parecerão, sem dúvida, absurdamente grosseiros. Condicionado desde a primeira infância (e talvez também biologicamente predestinado), o indivíduo de casta média ou inferior nunca exigirá conversão ou sequer um curso de atualização na verdadeira fé. Os membros da casta mais alta terão de ser capazes de ter novas ideias em resposta a novas situações; por consequência, seu treinamento será muito menos rígido do que o treinamento imposto àqueles cujo negócio não é entender o porquê, mas apenas fazer e morrer[14] com o mínimo de balbúrdia. Esses indivíduos da casta superior serão membros, ainda, de uma espécie selvagem — os treinadores e tutores, eles mesmos condicionados apenas de leve, de uma raça de animais completamente domesticados. Sua selvageria possibilitará que se tornem hereges e rebeldes. Quando isso acontecer, eles terão de

---

14 Aqui Huxley faz referência a "The Charge of the Light Brigade" (1854), poema narrativo de Alfred Tennyson sobre a Carga da Brigada Ligeira na Batalha de Balaclava, durante a Guerra da Crimeia, evento marcante para a história inglesa, eternizado pelo poema de Tennyson, que demonstra os absurdos da guerra. Eis os versos: *Theirs not to make reply,/ Theirs not to reason why,/ Theirs but to do and die.*

ser executados, ou submetidos a uma lavagem cerebral que os faça retornar à ortodoxia, ou (como em *Admirável mundo novo*) exilados em alguma ilha, onde não podem causar mais problemas, exceto, claro, uns para os outros. Mas o condicionamento infantil universal e as outras técnicas de manipulação e controle ainda estão a algumas gerações de distância no futuro. Na estrada para o admirável mundo novo, nossos governantes terão de contar com as técnicas transicionais e provisórias de lavagem cerebral.

Capítulo VIII
Persuasão química

No admirável mundo novo de minha fábula não existia uísque nem tabaco, heroína ilícita ou cocaína contrabandeada. As pessoas não fumavam nem bebiam, nem cheiravam ou se injetavam. Sempre que alguém se sentia deprimido ou abaixo do normal, engolia um comprimido ou dois de um composto químico chamado soma. O soma original, do qual tirei o nome dessa droga hipotética, era um planta desconhecida (possivelmente *Asclepias acida*) usada pelo antigos invasores arianos da Índia em um dos seus ritos religiosos mais solenes. O suco intoxicante espremido das hastes dessa planta era bebido pelos sacerdotes e nobres durante uma cerimônia elaborada. Nos hinos védicos, somos informados de que os bebedores de soma eram abençoados de muitas maneiras. Seu corpo era fortalecido, seu coração se enchia de coragem, alegria e entusiasmo, sua mente se iluminava e, em uma experiência imediata de vida eterna, eles receberam a garantia de sua imortalidade. Mas o suco sagrado tinha suas desvantagens. O soma era uma droga perigosa: tão perigosa que mesmo o grande deus do céu, Indra, às vezes passava mal depois de bebê-la. Os mortais comuns podiam até morrer de overdose. Mas a experiência era tão transcendentemente extática e iluminadora que beber soma era considerado um grande privilégio. Por esse privilégio, nenhum preço era alto demais.

O soma de *Admirável mundo novo* não tinha nenhuma das desvantagens de seu original indiano. Em pequenas doses, ele provocava uma sensação de êxtase, em doses maiores fazia você ter visões e, se você tomasse três comprimidos, em poucos minutos mergulharia num sono revigorante. E tudo isso sem nenhum custo fisiológico ou mental. Os habitantes do admirável mundo novo poderiam tirar férias de seus humores sombrios, ou dos aborrecimentos familiares da vida cotidiana, sem sacrificar sua saúde ou reduzir permanentemente sua eficiência.

No admirável mundo novo, o hábito do soma não era um vício privado, era uma instituição política, era a própria essência da Vida, Liberdade e Busca da Felicidade garantida pela Declaração de Direitos. Mas esse mais anterior dos privilégios inalienáveis dos indivíduos era ao mesmo tempo um dos mais poderosos instrumentos de governo do arsenal do ditador. Drogar os indivíduos de modo sistemático em benefício do Estado (e também, claro, para o próprio deleite deles) era uma plataforma principal na política dos controladores mundiais. A ração diária de soma era um seguro contra desajustes pessoais, inquietações sociais e disseminação de ideias subversivas. A religião, como Karl Marx declarou, é o ópio do povo. No admirável mundo novo, essa situação foi revertida. O ópio, ou melhor, o soma, era a religião do povo. Como a religião, a droga tinha o poder de consolar e compensar, evocar visões de outro mundo, um mundo melhor, oferecer esperança, fortalecer a fé e promover a caridade. A cerveja, um poeta escreveu,

[...] faz mais do que Milton
Para justificar os caminhos de Deus para o homem.[15]

E vamos lembrar que, comparada com soma, a cerveja é uma droga do tipo mais grosseiro e não confiável. Nessa questão de justificar os caminhos de Deus para o homem, o soma está para o álcool assim como o álcool está para os argumentos teológicos de Milton. Em 1931, quando eu escrevia sobre esse produto sintético imaginário por meio do qual as gerações futuras seriam tornadas ao mesmo tempo felizes e dóceis, o conhecido bioquímico americano dr. Irvine Page estava se preparando para deixar a Alemanha, onde havia passado os três anos anteriores no Instituto Kaiser Wilhelm, trabalhando na química do cérebro. "É difícil de entender", o dr. Page escrevera em um recente artigo, "por que demorou tanto para os cientistas começarem a investigar as reações químicas em seus próprios cérebros. Eu falo", acrescenta ele, "por experiência pessoal aguda. Quando voltei para casa em 1931 [...], não conseguia um emprego nessa área (a área da química do cérebro), nem provocar uma marolinha de interesse nisso." Hoje, 27 anos depois, a inexistente marolinha de 1931 se tornou um tsunami de bioquímica e pesquisa psicofarmacológica. As enzimas que regulam o funcionamento do cérebro estão sendo estudadas. Dentro do corpo, substâncias químicas até agora desconhecidas, como adrenocromo e serotonina (da qual o dr. Page foi codescobridor) foram iso-

---

15 Do poema *A Shropshire Lad*, de A. E. Housman. "[...] *and Malt does more than Milton can/ To justify God's ways to man*".

ladas, e seus efeitos de longo alcance em nossas funções mentais e físicas estão agora sendo investigados. Enquanto isso, novas drogas estão sendo sintetizadas — drogas que reforçam, corrigem ou interferem nas ações dos vários produtos químicos, por meio dos quais o sistema nervoso executa seus milagres diários e horários como controlador do corpo, instrumento e mediador da consciência. De nosso ponto de vista atual, o fato mais interessante sobre essas novas drogas é que elas alteram de forma temporária a química do cérebro e o estado mental associado sem causar nenhum dano permanente ao organismo como um todo. Nesse aspecto, eles são como o soma — e profundamente diferentes das drogas de alteração mental do passado. Por exemplo, o tranquilizante clássico é o ópio. Mas o ópio é uma droga perigosa que, desde os tempos do Neolítico até os dias atuais, cria viciados e arruína a saúde. O mesmo vale para o euforizante clássico, o álcool — a droga que, nas palavras do salmista, "alegra o coração do homem". Mas, infelizmente, o álcool não só alegra o coração de homem; ele também, em doses excessivas, causa doença e vício, e tem sido a principal fonte, nos últimos oito mil ou dez mil anos, de crimes, infelicidade doméstica, degradação moral e acidentes evitáveis.

Entre os estimulantes clássicos, chá, café e mate são, felizmente, quase inofensivos. Eles também são estimulantes muito fracos. Ao contrário dessas "xícaras que alegram, mas não embriagam", a cocaína é uma droga muito potente e perigosa. Quem faz uso dela deve pagar por seus êxtases, seu senso de poder físico e mental ilimitados, por períodos de depressão agonizante, por sintomas físicos horríveis como a sensação de estar infestado por miríades de insetos rastejantes e por delírios paranoicos que podem levar a crimes violentos. Outro estimulante de safra mais recente é a anfetamina, mais conhecida pelo nome comercial de benzedrina. A anfetamina funciona de forma muito eficaz — mas funciona, se tomada em excesso, à custa da saúde mental e física. Relatou-se que, no Japão, há agora cerca de um milhão de viciados em anfetaminas.

Dos produtores de visão clássicos, os mais conhecidos são o peiote do México e do sudoeste dos Estados Unidos e a *Cannabis sativa*, consumida em todo o mundo sob nomes como haxixe, bhang, kif e maconha. De acordo com as melhores evidências médicas e antropológicas, o peiote é muito menos prejudicial do que o gim ou o uísque do homem branco. Ele permite que os índios que o usam em seus ritos religiosos entrem no paraíso e se sintam unos com a comunidade amada, sem que isso os faça pagar pelo privilégio com algo pior do que a provação de ter que mastigar algo com um sabor nojento e se sentir um pouco nauseado por uma ou duas horas. A *Cannabis sativa* é uma droga menos inócua — embora não seja tão prejudicial quanto os sensacionalistas nos querem fazer crer. O comitê médico nomeado em 1944 pelo prefeito de Nova York para investigar o problema de maconha chegou à conclusão, depois de uma investigação cuidadosa, de que a *Cannabis sativa* não é uma ameaça séria para a sociedade, ou mesmo para aqueles que a consomem em excesso. Ela é simplesmente um incômodo.

A partir dessas mudanças de mentalidade clássicas, passamos para os produtos mais recentes da pesquisa psicofarmacológica. Destes, os mais amplamente divulgados são os três novos tranquilizantes: reserpina, clorpromazina e meprobamato. Administrados a certas classes de psicóticos, os dois primeiros provaram ser extremamente eficazes, não na cura de doenças mentais, mas pelo menos na abolição temporária de seus sintomas angustiantes. O meprobamato (também conhecido como Miltown) produz efeitos semelhantes em pessoas que sofrem de várias formas de neurose. Nenhuma dessas drogas é de todo inofensiva; mas seu custo, em termos de saúde física e eficiência mental, é extraordinariamente baixo. Em um mundo onde ninguém ganha nada de graça, os tranquilizantes oferecem muito por muito pouco. O Miltown e a clorpromazina ainda não são soma; mas chegam bem perto de ser um dos aspectos dessa droga mítica. Eles fornecem alívio temporário da tensão nervosa sem, na grande maioria dos casos, infligir danos orgânicos permanentes, e sem causar mais do que um ligeiro prejuízo, enquanto a droga está funcionando, da eficiência intelectual e física. Exceto como narcóticos, são provavelmente melhores do que os barbitúricos, que embotam a mente e, em grandes doses, causam uma série de sintomas psicofísicos indesejáveis e podem resultar em vício.

Com o LSD-25 (dietilamida de ácido lisérgico), os farmacologistas recentemente criaram outro aspecto do soma — um aprimorador de percepção e produtor de visões que é, falando em termos fisiológicos, quase sem custos. Esse medicamento extraordinário, que é eficaz em doses tão pequenas quanto cinquenta ou mesmo 25 milionésimos de grama, tem o poder (assim como o peiote) de transportar pessoas para o outro mundo. Na maioria dos casos, o outro mundo ao qual o LSD-25 dá acesso é celestial; mas também pode ser purgatorial ou mesmo infernal. Mas, positiva ou negativa, a experiência do ácido lisérgico é sentida por quase todos os que passam por ela como sendo profundamente significativa e esclarecedora. De qualquer maneira, o fato de que as mentes podem ser mudadas de maneira tão radical com tão pouco custo para o corpo é surpreendente.

O soma não era apenas um produtor de visões e um tranquilizante; ele era também (e sem dúvida de forma impossível) um estimulante da mente e do corpo, um criador de euforia ativa, bem como da felicidade negativa que se segue à liberação da ansiedade e da tensão.

O estimulante ideal — poderoso, mas inócuo — ainda está para ser descoberto. As anfetaminas, como vimos, estavam longe de ser satisfatórias; elas cobravam um preço alto demais para os benefícios que conferiam. Um candidato mais promissor para o papel do soma em seu terceiro aspecto é a iproniazida, que vem sendo usada para aliviar a angústia de pacientes com depressão, para animar os apáticos e de modo geral para aumentar a quantidade de energia psíquica disponível. Ainda mais promissor, de acordo com um distinto farmacologista que conheço, é um composto novo, ainda na fase de testes, que será conhecido como deaner.[16] O deaner é um aminoálcool e acredita-se que eleve a produção de acetilcolina dentro do corpo, aumentando assim

---

16 O deanol, ou dimetilaminoetanol, é uma substância que chegou a ser vendida nos Estados Unidos entre as décadas de 1960 e 1980, com o nome comercial Deaner, servindo tanto como antidepressivo quanto para o aumento de performance intelectual de jovens. Um anúncio apresentava o produto como indicado "para crianças emocionalmente perturbadas". O Deaner foi retirado do mercado em 1983.

a atividade e a eficácia do sistema nervoso. O homem que toma a nova pílula precisa de menos sono, sente-se mais alerta e alegre, pensa mais rápido e melhor — e tudo com quase nenhum custo orgânico, pelo menos a curto prazo. Parece quase muito bom para ser verdade.

Vemos então que, embora o soma ainda não exista (e talvez nunca venha a existir), substitutos bastante bons para os vários aspectos do soma já foram descobertos. Agora existem tranquilizantes fisiologicamente baratos, produtores de visões fisiologicamente baratos e estimulantes fisiologicamente baratos.

Que um ditador poderia, se assim desejasse, fazer uso dessas drogas para fins políticos é óbvio. Ele poderia se proteger contra a agitação política mudando a química do cérebro de seus súditos e tornando-os assim contentes com sua condição servil. Ele poderia usar tranquilizantes para acalmar os excitados, estimulantes para despertar o entusiasmo nos indiferentes, alucinantes para distrair a atenção dos miseráveis de seus sofrimentos. Mas como, pode-se perguntar, o ditador fará seus súditos tomarem os comprimidos que os farão pensar, sentir e se comportar da maneira que ele achar desejável? É muito provável que ele consiga apenas disponibilizar os comprimidos. Hoje em dia, álcool e tabaco estão disponíveis, e as pessoas gastam bem mais com esses euforizantes, pseudoestimulantes e sedativos bastante insatisfatórios do que estariam prontas para gastar na educação de seus filhos. Ou considere os barbitúricos e os tranquilizantes. Nos Estados Unidos, esses medicamentos só podem ser obtidos mediante receita médica. Mas a demanda do público americano por algo que transforme a vida em um ambiente urbano-industrial um pouco mais tolerável é tão grande que os médicos agora estão prescrevendo receitas para vários tranquilizantes a uma razão de 48 milhões por ano. Além disso, a maioria dessas receitas pode ser utilizada várias vezes. Cem doses de felicidade não são o suficiente: peça mais uma caixinha para a farmácia — e, quando acabada, peça outra... Não pode haver dúvida de que, se os tranquilizantes pudessem ser comprados com tanta facilidade e ser tão baratos quanto a aspirina, eles seriam consumidos, não aos bilhões, como atualmente, mas às dezenas e centenas de bilhões. E um estimulante bom e barato seria muito popular.

Sob uma ditadura, os farmacêuticos seriam instruídos a alterar o tom da música a cada mudança de circunstâncias. Em tempos de crise nacional, caberia a eles empurrar a venda de estimulantes. Entre crises, muita energia e estado de alerta da parte de seus súditos pode ser embaraçoso para o tirano. Nessas horas, as massas seriam instadas a comprar tranquilizantes e produtores de visões. Sob a influência desses xaropes calmantes, seu senhor poderia confiar que eles não o incomodassem.

No atual estado de coisas, os tranquilizantes podem impedir algumas pessoas de causar problemas não apenas para seus governantes, mas até para si mesmas. Excesso de tensão é uma doença; mas a escassez também. Há certas ocasiões em que *deveríamos* estar tensos, quando um excesso de tranquilidade (e sobretudo da tranquilidade imposta de fora, por um produto químico) é totalmente inadequado.

Em um simpósio recente sobre meprobamato, do qual participei, um eminente bioquímico sugeriu brincando que o governo dos Estados Unidos deveria doar ao povo soviético uns 50 bilhões de doses desse tranquilizante tão popular. A piada tinha um quê de verdade. Em uma competição entre duas populações, uma das quais é constantemente estimulada por ameaças e promessas, sempre direcionada por uma propaganda unilateral, ao passo que a outra é não menos constantemente distraída pela televisão e tranquilizada por Miltown, qual dos oponentes tem mais chances de sair vencedor?

Além de tranquilizante, alucinante e estimulante, o soma de minha fábula tinha o poder de aumentar a sugestionabilidade, e assim poderia ser usado para reforçar os efeitos da propaganda governamental. Com menos eficácia e a um custo fisiológico mais elevado, vários medicamentos que já existem na farmacopeia podem ser usados para o mesmo fim. Existe a escopolamina, por exemplo, princípio ativo do meimendro e, em grandes doses, um veneno poderoso; existe o pentotal e o amital sódico. Apelidado por algum motivo estranho de "soro da verdade", o pentotal tem sido usado pela polícia de vários países para o propósito de extrair confissões de (ou talvez sugerir confissões para) criminosos relutantes. Pentotal e amital sódico reduzem a barreira entre mente consciente e subconsciente e são de grande valor no tratamento da "fadiga de combate" pelo processo conhecido na Inglaterra como "terapia de ab-reação", e nos Estados Unidos como "narcossíntese". Diz-se que essas drogas às vezes são empregadas pelos comunistas ao preparar prisioneiros importantes para seu comparecimento público em tribunal.

Enquanto isso, a farmacologia, a bioquímica e a neurologia estão em marcha, e podemos ter certeza de que, no decorrer dos próximos anos, novos e melhores métodos químicos para aumentar a sugestionabilidade e a redução da resistência psicológica serão descobertos. Como tudo mais, essas descobertas podem ser bem ou mal utilizadas. Elas podem ajudar o psiquiatra em sua luta contra a doença mental, ou podem ajudar o ditador em sua luta contra a liberdade. O mais provável (uma vez que a ciência é divinamente imparcial) é que elas irão escravizar e libertar, curar e ao mesmo tempo destruir.

Capítulo IX

Persuasão subconsciente

Em uma nota de rodapé anexada à edição de 1919 de seu livro *A interpretação dos sonhos*, Sigmund Freud chamou a atenção para a obra do dr. Poetzl, um neurologista austríaco que havia publicado na época um artigo descrevendo seus experimentos com o taquistoscópio. (O taquistoscópio é um instrumento que vem em duas formas — uma caixa de visualização, na qual o indivíduo olha para uma imagem que é exposta por uma pequena fração de segundo; e uma lanterna mágica com um obturador de alta velocidade, capaz de projetar uma imagem por pouco tempo em uma tela.) Nesses experimentos,

> Poetzl exigiu que os indivíduos fizessem um desenho do que haviam notado conscientemente de uma imagem exposta à sua visão em um taquistoscópio [...]. Ele então voltou a atenção para os sonhos sonhados pelos indivíduos durante a noite seguinte e solicitou-lhes que fizessem mais uma vez desenhos de partes apropriadas desses sonhos. Foi demonstrado de forma inequívoca que os detalhes da imagem exposta que *não* haviam sido notados pelo indivíduo forneceram material para a construção do sonho.

Com várias modificações e refinamentos, os experimentos de Poetzl foram repetidos diversas vezes, em tempos mais recentes pelo dr. Charles Fisher, que contribuiu com três excelentes artigos sobre o tema dos sonhos e "percepção pré-consciente" para o *Journal of the American Psychoanalytic Association*. Enquanto isso, os psicólogos acadêmicos não têm andado ociosos. Confirmando as descobertas de Poetzl, seus estudos mostraram que as pessoas de fato veem e ouvem muito mais do que sabem conscientemente que veem e ouvem, e que aquilo que veem e ouvem sem saber é registrado pela mente subconsciente e pode afetar seus pensamentos, sentimentos e comportamento consciente.

A ciência pura não permanece pura por tempo indefinido. Mais cedo ou mais tarde, ela está apta a se transformar em ciência aplicada e, por fim, em tecnologia. A teoria se modula na prática industrial, o conhecimento se torna poder, fórmulas e experiências de laboratório passam por uma metamorfose e emergem como a bomba H. No caso presente, o pequeno e interessante fragmento de ciência pura de Poetzl, e todos os outros pequenos e interessantes fragmentos de ciência pura no campo da percepção pré-consciente, mantiveram sua pureza intocada por um tempo surpreendentemente longo. Então, no início do outono de 1957, quarenta anos depois da publicação do artigo original de Poetzl, anunciou-se que a pureza deles era coisa do passado; eles haviam sido aplicados, tinham entrado no reino da tecnologia. O anúncio causou uma agitação considerável e foi alvo de comentários falados e escritos em todo o mundo civilizado. E não é de admirar; as novas técnicas de "projeção subliminar", como foram chamadas, estavam inti-

108 ALDOUS HUXLEY

mamente associadas ao entretenimento de massa, e na vida do entretenimento em massa de seres humanos civilizados elas hoje desempenham um papel comparável àquele exercido na Idade Média pela religião. Nossa época já recebeu muitos apelidos: a Era da Ansiedade, a Era Atômica, a Era Espacial. Ela poderia também, por um motivo igualmente bom, ser chamada de a Era do Vício em Televisão, a Era da Telenovela, a Era do Disk Jockey. Em tal era, o anúncio de que a ciência pura de Poetzl foi aplicada na forma de uma técnica de projeção subliminar não poderia deixar de despertar o interesse mais intenso entre os artistas de entretenimento em massa do mundo. Pois a nova técnica era dirigida diretamente a eles, e seu objetivo era manipular suas mentes sem que percebessem o que estava sendo feito com eles. Por meio de taquistoscópios especialmente projetados, palavras ou imagens seriam exibidas por um milésimo de segundo ou menos nas telas da televisão e de cinema *durante* o programa (nem antes nem depois). "Beba Coca-Cola" ou "Acenda um Camel" seriam sobrepostas ao abraço dos amantes, às lágrimas do coração partido da mãe, e os nervos ópticos dos telespectadores gravariam essas mensagens secretas, suas mentes subconscientes responderiam a elas e, no devido tempo, eles conscientemente sentiriam um desejo de consumir refrigerante e tabaco. E enquanto isso outras mensagens secretas seriam sussurradas bem baixinho, ou guinchadas de modo muito estridente, para uma audição consciente. Então, de modo consciente, o ouvinte pode estar prestando atenção em frases como "Querida, eu te amo", mas de maneira subliminar, abaixo do limite de consciência, seus ouvidos muito sensíveis e sua mente subconsciente estariam recebendo as últimas boas notícias sobre desodorantes e laxantes.

Esse tipo de propaganda comercial funciona mesmo? As evidências produzidas pela empresa comercial que primeiro revelou uma técnica de projeção subliminar eram vagas e, do ponto de vista científico, muito insatisfatórias. Repetida a intervalos regulares durante a exibição de um filme no cinema, a ordem para comprar mais pipoca teria resultado em um aumento de 50% na venda de pipoca durante o intervalo. Mas uma única experiência prova muito pouco. Além disso, essa experiência em particular foi mal configurada. Não havia controles e nenhuma tentativa foi feita para levar em conta as muitas variáveis que sem dúvida afetam o consumo de pipoca por um público de cinema. E de qualquer maneira essa foi a forma mais eficaz de aplicar o conhecimento acumulado ao longo dos anos pelos investigadores científicos da percepção subconsciente? Seria intrinsecamente provável que, apenas exibindo o nome de um produto e uma ordem para comprá-lo, você fosse capaz de quebrar a resistência de vendas e recrutar novos clientes? A resposta para ambas as perguntas é negativa, claro. Mas isso não significa, é óbvio, que as descobertas dos neurologistas e psicólogos não tenham nenhuma importância prática. Aplicado de forma hábil, o pequeno fragmento interessante de ciência pura de Poetzl pode muito bem se tornar um instrumento poderoso para a manipulação de mentes inocentes.

Para algumas dicas sugestivas, vamos agora deixar de lado os vendedores de pipoca e passar para aqueles que, com menos ruído, porém mais imaginação e melhores métodos, têm feito experiências no mesmo campo. Na Grã--Bretanha, onde o processo de manipulação de mentes abaixo do nível de consciência é conhecido como "injeção estrobônica", os investigadores enfatizam a importância prática de criar condições psicológicas certas para a persuasão subconsciente. Uma sugestão acima do limite de consciência tem mais chances de surtir efeito quando o destinatário está em um leve transe hipnótico, sob a influência de certas drogas, ou ficou debilitado por doença, fome ou qualquer tipo de estresse físico ou emocional. Mas o que é verdade para as sugestões acima do limiar da consciência também é verdadeiro para sugestões abaixo desse limite. Resumindo, quanto mais baixo for o nível de resistência psicológica de uma pessoa, maior será a eficácia das sugestões injetadas estrobonicamente. O ditador científico do amanhã irá instalar suas máquinas sussurrantes e seus projetores subliminares em escolas e hospitais (crianças e doentes são altamente sugestionáveis), e em todos os locais públicos onde o público pode receber uma suavização preliminar por oratória ou rituais que aumentam a sugestionabilidade.

Das condições sob as quais podemos esperar que sugestões subliminares sejam eficazes, passamos agora às sugestões propriamente ditas. Em que termos o propagandista deve se dirigir à mente subconsciente das vítimas? Comandos diretos ("Compre pipoca" ou "Vote em Jones") e declarações não qualificadas ("O socialismo é terrível" ou "A pasta de dentes X cura halitose") provavelmente só surtirão efeito nas mentes já favoráveis a Jones e à pipoca, e já preocupadas com os perigos dos odores corporais e a propriedade pública dos meios de produção. Mas fortalecer a fé existente não é o bastante; todo propagandista que se preze precisa criar uma nova fé, precisa saber como trazer os indiferentes e indecisos para seu lado, precisa ser capaz de apaziguar e talvez até mesmo converter os hostis. À asserção e ao comando subliminar, ele sabe que precisa adicionar a persuasão subliminar.

Acima do limite de consciência, um dos mais eficazes métodos de persuasão não racional é o que pode ser chamado persuasão por associação. O propagandista associa de forma arbitrária o produto escolhido, candidato ou causa a alguma idéia, alguma imagem de uma pessoa ou coisa que a maioria das pessoas, em uma determinada cultura, considere inquestionavelmente boa. Assim, em uma campanha de vendas, a beleza feminina pode ser arbitrariamente associada a qualquer coisa, de uma escavadeira a um diurético; em uma campanha política, o patriotismo pode estar associado a qualquer causa, do apartheid à integração, e a qualquer tipo de pessoa, de um Mahatma Gandhi a um senador McCarthy. Anos atrás, na América Central, observei um exemplo de persuasão por associação que me encheu de uma admiração horrorizada pelos homens que a desenvolveram. Nas montanhas da Guatemala, as únicas obras de arte importadas são os calendários coloridos distribuídos gratuitamente pelas empresas estrangeiras cujos produtos são vendidos aos índios. Os calendários americanos mostravam fotos de cães, de paisagens, de mulheres jovens em estado de nudez parcial. Mas, para o índio, cães são objetos meramente utilitários, paisagens são apenas o que ele vê em excesso, todos os dias de sua vida, e loiras seminuas são desinteressantes, talvez um pouco repulsivas. Os calendá-

112 ALDOUS HUXLEY

rios americanos eram, por consequência, muito menos populares do que os calendários alemães; pois os publicitários alemães se deram ao trabalho de descobrir o que os índios valorizavam e no que estavam interessados. Lembro-me em particular de uma obra-prima de propaganda comercial. Era um calendário elaborado por um fabricante de aspirina. Na parte inferior da imagem, via-se a marca registrada familiar no frasco familiar de comprimidos brancos. Acima não havia cenas de neve ou bosques outonais, nem cocker spaniels ou coristas peitudas. Não — os astutos alemães associaram seus analgésicos a uma imagem colorida e extremamente realista da Santíssima Trindade sentada em uma nuvem cúmulos e cercada por São José, a Virgem Maria, vários santos e um grande número de anjos. As virtudes milagrosas do ácido acetilsalicílico eram assim garantidas, na mente simples e profundamente religiosa dos índios, por Deus Pai e toda a hoste celestial.

Esse tipo de persuasão por associação é algo para o qual as técnicas de projeção subliminar parecem se prestar particularmente bem. Em uma série de experiências realizadas na Universidade de Nova York, sob os auspícios do Instituto Nacional de Saúde, descobriu-se que os sentimentos de uma pessoa a respeito de alguma imagem vista conscientemente poderia ser modificado associando-a, em nível subconsciente, a outra imagem, ou, melhor ainda, a palavras carregadas de algum valor. Portanto, quando associado, em nível subconsciente, à palavra "feliz", um rosto vazio e inexpressivo, aos olhos do observador, pareceria sorrir, com aparência amigável, amável, extrovertida. Quando o mesmo rosto era associado, também em nível subconsciente, à palavra "raiva", ele assumia uma expressão proibitiva, e o observador agora o via como hostil e desagradável. (Para um grupo de mulheres jovens, também passou a parecer muito masculino — ao passo que quando foi associado a "feliz", elas viram o rosto como pertencente a um membro de seu próprio sexo. Pais e maridos, por favor, tomem nota.) Para o propagandista comercial e político, essas descobertas, é óbvio, são altamente significativas. Se ele conseguir deixar suas vítimas em um estado anormalmente alto de sugestionabilidade, se puder lhes mostrar, enquanto estiverem nesse estado, a coisa, a pessoa ou, através de um símbolo, a causa que ele tem para vender, e se, em nível subconsciente, conseguir associar essa coisa, pessoa ou símbolo a alguma palavra ou imagem com valor, ele poderá ser capaz de modificar seus sentimentos e opiniões sem que vocês tenham qualquer ideia do que ele está fazendo. Deveria ser possível, de acordo com um grupo de empreendimento comercial em New Orleans, aumentar o valor de entretenimento de filmes de cinema e de televisão usando essa técnica. Pessoas gostam de sentir emoções fortes e, portanto, desfrutar de tragédias, thrillers, mistérios de assassinato e histórias de paixão. A dramatização de uma luta ou de um abraço produz fortes emoções nos espectadores. Ela pode produzir emoções ainda mais fortes se estiverem associadas, em nível subconsciente, a palavras ou símbolos apropriados. Por exemplo, na versão cinematográfica de *Adeus às armas*, a morte da heroína no parto pode se tornar ainda mais angustiante do que já é por piscadas subliminares na tela, sem parar, durante essa cena, apresentando palavras sinistras como "dor", "sangue" e "morte". De maneira consciente, as palavras não seriam vistas; mas seu efeito sobre a mente subconsciente pode ser muito grande, e esses efeitos podem reforçar em grande medida as emoções evocadas, em nível consciente, pela atuação e pelo diálogo. Se, como parece certo, a projeção subliminar pode intensificar de modo consistente as emoções sentidas pelos espectadores de cinema, a indústria cinematográfica ainda pode ser salva da falência — isto é, se os produtores de televisão não chegarem lá primeiro.

À luz do que já foi dito sobre persuasão por associação e a intensificação das emoções por sugestão subliminar, vamos tentar imaginar como será um comício político do futuro. O candidato (se ainda houver uma questão de candidatos), ou o representante nomeado da oligarquia dominante, fará seu discurso para todos ouvirem. Enquanto isso, os taquistoscópios, as máquinas de barulhos e de sussurros, os projetores de imagens tão turvas que apenas a mente subconsciente consegue responder a elas, estarão reforçando o que ele diz, associando de modo sistemático o homem e sua causa a palavras carregadas positivamente e a imagens sagradas, e injetando estrobonicamente palavras com carga negativa e símbolos odiosos sempre que ele menciona os inimigos do Estado ou do partido. Nos Estados Unidos, rápidos flashes de Abraham Lincoln e as palavras "governo pelo povo" serão projetados na tribuna. Na Rússia, o palestrante será, é claro, associado a vislumbres de Lênin, com as palavras "democracia do povo", com a barba profética do Pai Marx. Como tudo isso ainda está seguramente no futuro, podemos nos dar ao luxo de sorrir. Daqui a dez ou vinte anos, talvez isso tudo pareça muito menos divertido.

Pois o que agora é apenas ficção científica terá se tornado um fato político cotidiano.

Poetzl foi um dos presságios que, ao escrever *Admirável mundo novo*, eu de alguma forma deixei de lado. Não há nenhuma referência em minha fábula à projeção subliminar. É um erro de omissão que, se eu fosse reescrever o livro hoje, com certeza corrigiria.

Capítulo x

Hipnopedia

No final do outono de 1957, o Woodland Road Camp, uma instituição penal em Tulare County, Califórnia, tornou-se o cenário de uma curiosa e interessante experiência. Alto-falantes em miniatura foram dispostos sob os travesseiros de um grupo de prisioneiros que se ofereceram para agir como cobaias psicológicas. Cada um desses alto-falantes de travesseiro foi ligado a um fonógrafo no escritório do diretor. A cada hora cheia, ao longo da noite, um sussurro inspirador repetia uma breve homilia sobre "os princípios da vida moral". Se acordasse à meia-noite, um prisioneiro poderia ouvir uma voz mansa e delicada exaltando as virtudes cardeais ou murmurando, em nome de seu próprio Eu Melhor: "Estou cheio de amor e compaixão por todos, que Deus me ajude".

Depois de ler a respeito do Woodland Road Camp, voltei-me para o segundo capítulo de *Admirável mundo novo*. Nesse capítulo, o diretor de Incubadoras e Condicionamento da Europa Ocidental explica a um grupo de condicionadores e incubadores iniciantes o funcionamento desse sistema estatal de educação ética, conhecido no século VII d.F. como hipnopedia. As primeiras tentativas de ensino durante o sono, o diretor disse ao seu público, foram mal orientadas, e portanto não obtiveram sucesso. Educadores haviam tentado dar treinamento intelectual aos seus alunos adormecidos. Mas a atividade intelectual é incompatível com o sono. A hipnopedia só teve sucesso quando foi usada para treinamento moral — em outras palavras, para o condicionamento do comportamento por meio de sugestão verbal em um momento de baixa resistência psicológica. "O condicionamento sem palavras é bruto e indiscriminado; não pode inculcar os cursos de comportamento mais complexos exigidos pelo Estado. Para isso deve haver palavras, mas palavras sem raciocínio"... o tipo de palavras que não requerem análise para sua compreensão, mas que podem ser engolidas inteiras pelo cérebro adormecido. Isso é a verdadeira hipnopedia, "a maior força moralizante e socializadora de todos os tempos". No admirável mundo novo, nenhum cidadão pertencente às castas inferiores causava problemas. Por quê? Porque, a partir do momento que conseguia falar e entender o que lhe fora dito, cada criança de casta inferior era exposta a sugestões repetidas ao infinito, noite após noite, durante as horas de sonolência e sono. Essas sugestões eram

> como gotas de cera de lacre líquida, gotas que aderem, incrustam, se incorporam ao que caem, até que finalmente a rocha vira uma bolha escarlate por completo. Até que finalmente a mente da criança é essas sugestões e a soma dessas sugestões é a mente da criança. E não apenas a mente da criança. A mente do adulto também: durante toda a sua vida. A mente que julga, deseja e decide: composta dessas sugestões. Mas todas essas sugestões são *nossas* sugestões!
> — Sugestões do Estado. [...]

Até o momento, que eu saiba, nenhuma sugestão hipnopédica foi dada por um estado mais formidável do que Tulare County, e a natureza das sugestões hipnopédicas de Tulare aos infratores da lei é irrepreensível. Ah, se todos nós, e não apenas os internos de Woodland Road Camp, pudéssemos ser efetivamente preenchidos, durante nosso sono, com amor e compaixão por todos! Não, não é a mensagem transmitida pelo sussurro inspirador que é discutível; é o princípio do ensino pelo sono realizado por órgãos governamentais. Seria a hipnopedia o tipo de instrumento que os funcionários, encarregados de exercer autoridade em uma sociedade democrática, deveriam ter permissão de usar a seu bel-prazer? No exemplo em questão, eles estão usando isso apenas em voluntários e com as melhores intenções. Mas não há garantia de que em outros casos as intenções serão boas ou a doutrinação será feita de forma voluntária. Qualquer lei ou arranjo social que possibilite que os funcionários sejam levados a cair em tentação é ruim. Qualquer lei ou acordo que os impeça de serem tentados a abusar do poder que lhes foi delegado para vantagem própria, ou em benefício do Estado ou de algum político, organização econômica ou eclesiástica, é boa. A hipnopedia, se for eficiente, seria um instrumento tremendamente poderoso nas mãos de qualquer pessoa em posição de impor sugestões a uma audiência cativa. Uma sociedade democrática é uma sociedade dedicada à proposição de que o poder é muitas vezes exercido com abuso e, portanto, deve ser confiado a funcionários apenas em quantidades limitadas e por períodos de tempo limitados. Em tal sociedade, o uso de hipnopedia por funcionários deve ser regulamentado por lei — isto é, claro, se a hipnopedia for genuinamente um instrumento de poder. Mas ela é de fato um instrumento de poder? Ela funcionará agora tão bem quanto eu imaginava que funcionaria no século VII d.F.? Vamos examinar as evidências.

No *Psychological Bulletin* de julho de 1955, Charles W. Simon e William H. Emmons analisaram e avaliaram os dez mais importantes estudos na área. Todos eles se concentravam na questão da memória. O ensino do sono ajuda o aluno em sua tarefa de memorização? E até que ponto o material sussurrado no ouvido de uma pessoa adormecida é recordado na manhã seguinte, quando ela desperta? Simon e Emmons respondem o seguinte:

> Dez estudos de aprendizagem durante o sono foram analisados. Muitos deles foram citados sem análise crítica por empresas comerciais ou em revistas populares e artigos de notícias como prova de apoio da viabilidade de aprendizagem durante o sono. Foi realizada uma análise crítica de seu projeto experimental, estatísticas, metodologia e critérios de sono. Todos os estudos apresentaram deficiências em uma ou mais dessas áreas. Os estudos não deixam inequivocamente claro que a aprendizagem durante o *sono* de fato ocorre. Mas algum aprendizado parece acontecer em um tipo especial de estado de vigília no qual as cobaias não se lembram mais tarde se estavam acordadas ou não. Isso pode ser de grande importância prática do ponto de vista da economia no tempo de estudo, mas não pode ser interpretado como *aprendizado durante o sono* [...]. O problema é parcialmente confundido por uma definição inadequada de sono.

Enquanto isso, permanece o fato de que no Exército americano, durante a Segunda Guerra Mundial (e até mesmo, de modo experimental, durante a Primeira), instruções diurnas em código Morse e em línguas estrangeiras eram complementadas por instruções durante o sono — aparentemente com resultados satisfatórios. Desde o final da Segunda Guerra Mundial, várias empresas comerciais nos Estados Unidos e em outros países têm vendido um grande número de alto-falantes de travesseiro, fonógrafos controlados por relógio e gravadores de fita para o uso de atores com pressa para aprender suas falas, de políticos e pregadores que querem dar a ilusão de ser naturalmente eloquentes, de alunos se preparando para exames e, por último e mais lucrativamente, das inúmeras pessoas que estão insatisfeitas consigo mesmas do jeito que são e gostariam de receber sugestões ou sugestionar a si mesmas para se tornarem outra coisa. A sugestão autoadministrada pode ser facilmente gravada em fita magnética e ouvida, repetidas vezes, durante o dia e durante o sono. Sugestões externas podem ser compradas na forma de gravações contendo uma ampla variedade de mensagens úteis. Existem no mercado gravações para liberar a tensão e induzir um relaxamento profundo, gravações para promover autoconfiança (muito utilizadas por vendedores), gravações para aumentar o charme e tornar a personalidade mais magnética. Dentre os mais vendidos estão gravações para atingir a harmonia sexual e gravações para quem deseja emagrecer. ("Chocolate me causa frieza, sou insensível à atração das batatas, totalmente indiferente a muffins.") Existem gravações para melhorar a saúde e até registros para ganhar mais dinheiro. E o mais notável é que, de acordo com depoimentos não solicitados enviados por compradores satisfeitos com essas gravações, muitas pessoas realmente ganham mais dinheiro depois de ouvir sugestões hipnopédicas nesse sentido, muitas senhoras obesas emagrecem e muitos casais à beira do divórcio conseguem harmonia sexual e vivem felizes para sempre.

Nesse contexto, um artigo de Theodore X. Barber, "Sleep and Hypnosis", que apareceu no *The Journal of Clinical and Experimental Hypnosis* de outubro de 1956, é muito esclarecedor. O sr. Barber aponta que há uma diferença significativa entre sono leve e sono profundo. No sono profundo, o eletroencefalógrafo não registra ondas alfa; no sono leve, as ondas alfa aparecem. Nesse aspecto, o sono leve está mais perto dos estados de vigília e hipnótico (em ambos os estados, as ondas alfa estão presentes) do que do sono profundo. Um ruído alto fará com que uma pessoa em sono profundo acorde. Um estímulo menos violento não irá despertá-la, mas causará o reaparecimento de ondas alfa. O sono profundo deu lugar, por enquanto, ao sono leve.

Uma pessoa em sono profundo não é sugestionável. Mas quando cobaias em sono leve recebem sugestões, responderão a elas, o sr. Barber constatou, da mesma forma que respondem a sugestões quando em transe hipnótico.

Muitos dos primeiros investigadores do hipnotismo fizeram experiências semelhantes. Em seu clássico *History, Practice and Theory of Hypnotism* [História, prática e teoria do hipnotismo], publicado pela primeira vez em 1903, Milne Bramwell registra que

muitas autoridades afirmam ter mudado o sono natural para o sono hipnótico. De acordo com Wetterstrand, com frequência é muito fácil se colocar *en rapport* com pessoas adormecidas, sobretudo crianças [...]. Wetterstrand considera esse método de induzir hipnose como sendo de muito valor prático e afirma tê-lo usado muitas vezes com sucesso.

Bramwell cita muitos outros experientes hipnotizadores (incluindo autoridades eminentes como Bernheim, Moll e Forel) com o mesmo resultado. Hoje, um experimentador não falaria de "transformar o sono natural em hipnótico". Tudo o que ele está preparado para dizer é que o sono leve (em oposição ao sono profundo sem ondas alfa) é um estado em que muitas cobaias aceitarão sugestões tão rápido quanto se estivessem sob hipnose. Por exemplo, depois de receberem a informação, durante o sono leve, de que vão acordar em pouco tempo sentindo muita sede, muitas cobaias vão acordar com a garganta seca e um grande desejo de beber água. O córtex pode estar muito inativo para pensar direito; mas está alerta o suficiente para responder a sugestões e transmiti-las ao sistema nervoso autônomo.

Como já vimos, o conhecido experimentador e médico sueco Wetterstrand foi especialmente bem-sucedido no tratamento por hipnose de crianças adormecidas. Em nossos dias, os métodos de Wetterstrand são seguidos por uma série de pediatras, que instruem jovens mães na arte de dar sugestões úteis aos filhos durante as horas de sono leve. Por intermédio desse tipo de hipnopedia, as crianças podem ser curadas dos hábitos de urinar na cama e roer as unhas, podem ser preparadas para entrar em cirurgia sem apreensão, podem receber conforto e tranquilização quando, por qualquer motivo, as circunstâncias de sua vida se tornarem angustiantes. Eu mesmo vi resultados notáveis alcançados pelo ensino terapêutico durante o sono em crianças pequenas. É provável que resultados semelhantes possam ser alcançados com muitos adultos.

Para um suposto ditador, a moral de tudo isso é clara. Sob condições adequadas, a hipnopedia de fato funciona — e aparentemente quase tão bem quanto a hipnose. A maioria das coisas que pode ser feita com e para uma pessoa em transe hipnótico pode ser feita com e para uma pessoa em sono leve. Sugestões verbais podem ser passadas através do córtex sonolento para o mesencéfalo, o tronco cerebral e o sistema nervoso autônomo. Se essas sugestões forem bem concebidas e repetidas com frequência, as funções corporais de quem está adormecido podem ser melhoradas ou sofrer interferência, novos padrões de sentimentos podem ser instalados e antigos modificados, comandos pós-hipnóticos podem ser dados, slogans, fórmulas e palavras-gatilho profundamente arraigados na memória. As crianças são melhores cobaias hipnopédicas do que os adultos, e o ditador em potencial aproveitará ao máximo esse dado. Filhos em idade de creche e jardim de infância serão tratados com sugestões hipnopédicas durante a sesta da tarde. Para crianças mais velhas e em particular os filhos dos membros do partido — os meninos e as meninas que vão crescer para ser líderes, administradores e professores —, haverá internatos, nos quais uma excelente educação diurna será complementada pelo ensino noturno durante o sono. No caso dos adultos, atenção especial será dada aos doentes. Como Pavlov demonstrou muitos anos atrás, os cães resistentes e de mente forte tornam-se completamente sugestionáveis depois de uma operação ou quando sofrem de alguma doença debilitante. Nosso ditador, portanto, cuidará para que cada ala hospitalar esteja equipada com som. Uma apendicectomia, um parto, um surto de pneumonia ou hepatite podem se tornar a ocasião para um curso intensivo sobre lealdade e fé verdadeira, uma renovação nos princípios da ideologia local. Outros públicos cativos podem ser encontrados em prisões, em campos de trabalho, em quartéis militares, em navios no alto-mar, em trens e aviões noturnos, nas sombrias salas de espera dos terminais de ônibus e estações ferroviárias. Mesmo que as sugestões hipnopédicas dadas a esses públicos cativos não tivessem uma eficiência de mais que 10%, os resultados ainda seriam impressionantes e, para um ditador, altamente desejáveis.

Da sugestionabilidade elevada associada ao sono leve e à hipnose, vamos passar à sugestionabilidade normal daqueles que estão acordados — ou pelo menos os que pensam que estão acordados. (Na verdade, como os budistas insistem, a maioria de nós está semiadormecida o tempo todo e atravessa a vida como sonâmbulos obedecendo às sugestões de outras pessoas. Iluminação é total despertar. A palavra "Buda" pode ser traduzida como "O Desperto".)

Na genética, cada ser humano é único e, de muitas maneiras, diferente de qualquer outro ser humano. A gama de variação individual da norma estatística é incrivelmente ampla. E a norma estatística, vamos lembrar, é útil apenas em cálculos atuariais, não na vida real. Na vida real, o homem comum não existe. Existem apenas homens, mulheres e crianças particulares, cada um com suas idiossincrasias inatas de mente e corpo, e todos tentando (ou sendo compelidos) a espremer suas diversidades biológicas na uniformidade de algum molde cultural.

A sugestionabilidade é uma das qualidades que variam significativamente de indivíduo para indivíduo. Fatores ambientais com certeza desempenham um papel em tornar uma pessoa mais receptiva à sugestão do que outra; mas com certeza também existem diferenças constitucionais na sugestionabilidade dos indivíduos. Resistência extrema à sugestão é algo bastante raro. Felizmente. Pois se todos fossem tão impossíveis de sugestionar como algumas pessoas, a vida social seria impossível. Sociedades podem funcionar com um grau razoável de eficiência porque, em diversos graus, a maioria das pessoas é bastante sugestionável. A sugestionabilidade extrema é provavelmente tão rara quanto a falta de sugestionabilidade extrema. E isso também é algo muito bom. Pois se a maioria das pessoas fosse tão receptiva às sugestões externas quanto os homens e as mulheres nos limites extremos da sugestionabilidade, a escolha livre e racional se tornaria, para a maioria do eleitorado, virtualmente impossível, e as instituições democráticas não poderiam sobreviver, ou não teriam sequer chegado a existir.

Há alguns anos, no Massachusetts General Hospital, um grupo de pesquisadores realizou uma experiência muito esclarecedora sobre os efeitos analgésicos dos placebos. (Um placebo é qualquer coisa que o paciente acredita ser um medicamento ativo, mas que na verdade é farmacologicamente inativo.) Nessa experiência, as cobaias foram 162 pacientes que tinham acabado de sair da cirurgia e estavam todos sentindo dores consideráveis. Sempre que um paciente pedia medicação para aliviar a dor, ele ou ela recebia uma injeção de morfina ou de água destilada. Todos os pacientes receberam algumas injeções de morfina e algumas de placebo. Cerca de 30% dos pacientes nunca obtiveram alívio com o placebo. Por outro lado, 14% obtiveram alívio depois de *cada* injeção de água destilada. Os restantes 55% do grupo foram aliviados pelo placebo em algumas ocasiões, mas não em outras.

Em que aspectos os reatores sugestionáveis diferiam dos não reatores não sugestionáveis? Um estudo e testes cuidadosos revelaram que nem a idade nem o sexo constituíram um fator significativo. Os homens reagiram ao placebo tanto quanto as mulheres, e os jovens com a mesma frequência dos velhos. Nem a inteligência, medida pelos testes-padrão, parecia ser importante. O QI médio dos dois grupos era aproximadamente o mesmo. A diferença significativa entre os membros dos dois grupos estava acima de tudo no temperamento, na maneira como se sentiam a respeito de si mesmos e com relação aos outros. Os reatores foram mais cooperativos do que os não reatores, menos críticos e desconfiados. Eles não deram nenhum trabalho às enfermeiras, e acharam o atendimento que estavam recebendo no hospital simplesmente "maravilhoso". Contudo, embora menos hostis com os outros do que os não reatores, os reatores eram geralmente muito mais ansiosos a respeito deles mesmos. Sob estresse, essa ansiedade tendia a se traduzir em vários sintomas psicossomáticos, como dores de estômago, diarreia e dores de cabeça. Apesar, ou por causa de sua ansiedade, a maioria dos reatores foi mais desinibida na demonstração de emoção do que os não reatores, e mais volúvel. Eles também eram muito mais religiosos, muito mais ativos nos assuntos de sua igreja e muito mais preocupados, em um nível subconsciente, com seus órgãos abdominais e pélvicos.

É interessante comparar esses números para a reação a placebos com as estimativas feitas por escritores sobre hipnose em sua própria área. Eles nos dizem que cerca de um quinto da população pode ser hipnotizada com muita facilidade. Outro quinto não pode ser hipnotizado, ou só pode ser hipnotizado quando as drogas ou a fadiga baixarem a resistência psicológica. Os três quintos restantes podem ser hipnotizados de forma um pouco menos fácil do que o primeiro grupo, mas consideravelmente mais fácil do que o segundo. Um fabricante de discos hipnopédicos me disse que cerca de 20% de seus clientes estão entusiasmados e relatam resultados surpreendentes em muito pouco tempo. Na outra extremidade do espectro de sugestionabilidade, há uma minoria de 8% que regularmente pede seu dinheiro de volta. Entre esses dois extremos estão as pessoas que não conseguem resultados rápidos, mas são sugestionáveis o suficiente para ser afetadas a longo prazo. Se elas ouvirem com perseverança as instruções hipnopédicas apropriadas, acabarão obtendo o que desejam: autoconfiança ou harmonia sexual, menos peso ou mais dinheiro.

Os ideais de democracia e liberdade confrontam o fato bruto da sugestionabilidade humana. Um quinto de cada eleitorado pode ser hipnotizado quase em um piscar de olhos, um sétimo pode ser aliviado de dor por injeções de água, um quarto responderá prontamente e com entusiasmo à hipnopedia. E a todas essas minorias cooperativas demais, devemos acrescentar as maiorias de início lento, cuja sugestionabilidade menos extrema pode ser efetivamente explorada por qualquer um que conheça bem seu negócio e esteja preparado para levar o tempo necessário e tomar as medidas necessárias.

Será a liberdade individual compatível com um alto grau de sugestionabilidade individual? Podem as instituições democráticas sobreviver à subversão interna de manipuladores mentais qualificados treinados na ciência e na arte de explorar a sugestionabilidade de indivíduos e de multidões? Até que ponto a tendência inata de ser sugestionável demais para o próprio bem ou para o bem de uma sociedade democrática pode ser neutralizada pela educação? Até que ponto a exploração de sugestionabilidade por empresários e eclesiásticos, por políticos dentro e fora do poder, pode ser controlada por lei? Explícita ou implicitamente, as duas primeiras questões foram discutidas em artigos anteriores. Nos próximos, considerarei os problemas de prevenção e cura.

Capítulo XI
Educação para a liberdade

A educação para a liberdade deve começar declarando fatos e enunciando valores, e tem de continuar a desenvolver técnicas adequadas para a realização desses valores e para combater aqueles que, por qualquer motivo, optem por ignorar os fatos ou negar os valores.

Em um capítulo anterior, discuti a ética social, em termos dos quais os males resultantes da superorganização e da superpopulação são justificados e apresentados de modo a parecer bons. Esse sistema de valores seria consoante com o que sabemos sobre o físico e o temperamento humanos? A Ética Social pressupõe que a criação é muito importante na determinação do comportamento humano e que a natureza — o equipamento psicofísico com o qual os indivíduos nascem — é um fator desprezível. Mas isso é verdade? É verdade que os seres humanos não são nada além dos produtos de seu ambiente social? E se não for verdade, que justificativa pode haver para continuar sustentando que o indivíduo é menos importante do que o grupo do qual ele é membro?

Todas as evidências disponíveis apontam para a conclusão de que, na vida de indivíduos e sociedades, a hereditariedade não é menos significativa do que a cultura. Cada indivíduo é biologicamente único e diferente de todos os outros indivíduos. A liberdade é, portanto, um grande bem; a tolerância, uma grande virtude; e a arregimentação, um grande infortúnio. Por razões práticas ou teóricas, ditadores, homens de organizações e certos cientistas estão ansiosos para reduzir a diversidade enlouquecedora da natureza dos homens a algum tipo de uniformidade administrável. Na primeira onda de seu fervor behaviorista, J. B. Watson declarou sem rodeios que não conseguia encontrar "suporte para padrões hereditários de comportamento, nem para habilidades especiais (musicais, artísticas etc.) que supostamente aconteceriam nas famílias". E até mesmo hoje encontramos um distinto psicólogo, o professor B. F. Skinner de Harvard, insistindo que

> à medida que a explicação científica se torna mais e mais abrangente, a contribuição que pode ser reivindicada pelo próprio indivíduo parece se aproximar de zero. Os poderes criativos alardeados pelo homem, suas realizações na arte, na ciência e na moral, sua capacidade de escolher e nosso direito de responsabilizá-lo pelas consequências de sua escolha — nada disso salta aos olhos no novo autorretrato científico.

Resumindo, as peças de Shakespeare não foram escritas por Shakespeare, nem mesmo por Bacon ou pelo conde de Oxford; foram escritas pela Inglaterra elizabetana.

Mais de sessenta anos atrás, William James escreveu um ensaio sobre "Grandes homens e seu ambiente", em que começou a defender o indivíduo notável contra os ataques de Herbert Spencer, o qual havia proclamado que a "ciência" (aquela personificação maravilhosamente conveniente das opiniões, em determinada data, dos professores X, Y e Z) aboliu por completo o Grande Homem. "O grande homem", ele escreveu, "deve ser classificado juntamente com todos os outros fenômenos da sociedade que o gerou, como um produto de seus antecedentes." O grande homem pode ser (ou parecer ser) "o iniciador imediato de mudanças [...]. Mas se houver algo parecido com uma explicação real dessas mudanças, essa explicação deverá ser buscada no conjunto de condições do qual o homem e as mudanças surgiram". Essa é uma daquelas profundezas vazias às quais nenhum significado operacional pode ser atribuído. O que nosso filósofo está dizendo é que devemos saber tudo antes que possamos entender qualquer coisa por completo. Não há dúvida. Mas, na verdade, nunca saberemos tudo. Devemos, portanto, estar contentes com a compreensão parcial e as causas imediatas — incluindo a influência de grandes homens. "Se algo é humanamente certo", escreve William James,

> é que a sociedade do grande homem, assim propriamente chamada, não o cria antes que ele possa recriá-la. Forças fisiológicas, com as quais as condições sociais, políticas, geográficas e em grande medida antropológicas têm tanto e tão pouco a ver quanto a cratera do Vesúvio tem a ver com a cintilação do gás do lampião à luz do qual eu escrevo, são o que o criam. Pode ser que o sr. Spencer tenha o domínio da convergência de pressões sociológicas para determinar que em Stratford-upon-Avon, por volta de 26 de abril de 1564, um W. Shakespeare, com todas as suas peculiaridades men-

tais, tinha de ter nascido lá? [...] E ele quer dizer que se o referido W. Shakespeare morreu de cólera infantil, outra mãe em Stratford-upon-Avon precisaria ter gerado uma cópia dele, para restaurar o equilíbrio sociológico?

O professor Skinner é um psicólogo experimental, e seu tratado *Ciência e comportamento humano* é solidamente baseado em fatos. Mas, por infortúnio, os fatos pertencem a uma classe tão limitada que, quando por fim ele se aventura em uma generalização, as conclusões são tão abrangentes e irrealistas como as do teórico vitoriano. E isso era inevitável, pois a indiferença do professor Skinner ao que James chama de "forças fisiológicas" é quase tão completa quanto a de Herbert Spencer. Os fatores genéticos que determinam o comportamento humano são descartados por ele em menos de uma página. Não há referência em seu livro às descobertas da medicina constitucional, nem qualquer indício daquela psicologia constitucional, em termos da qual (e apenas em termos dela, tanto quanto posso julgar) pode ser possível escrever uma biografia completa e realista de um indivíduo em relação aos fatos relevantes de sua existência — seu corpo, seu temperamento, seus dotes intelectuais, seu ambiente imediato de momento a momento, seu tempo, lugar e cultura. Uma ciência do comportamento humano é como uma ciência do movimento no abstrato: necessária, mas, por si só, totalmente inadequada aos fatos. Considere uma libélula, um foguete e uma onda quebrando. Todos os três ilustram as mesmas leis fundamentais do movimento; mas ilustram essas leis de maneiras diferentes, e as diferenças são pelo menos tão importantes quanto as identidades. Por si só, um estudo do movimento não pode nos dizer quase nada sobre o que, em qualquer momento determinado, está sendo movido. Da mesma forma, um estudo do comportamento não pode, por si só, nos dizer quase nada sobre o corpo-mente individual que, em qualquer momento particular, está exibindo o comportamento. Mas para nós que somos corpo-mente, um conhecimento de corpos-mentes é de suma importância. Além disso, sabemos por observação e experiência que as diferenças entre corpos-mentes individuais são enormes, e alguns corpos-mentes podem afetar, e de fato afetam, profundamente seu ambiente social. Neste último ponto o sr. Bertrand Russell concorda com William James — e com praticamente todos, eu acrescentaria, exceto os proponentes do cientificismo spenceriano ou behaviorista. Na opinião de Russell, as causas de mudanças históricas são de três tipos: mudança econômica, teoria política e indivíduos importantes. "Eu não acredito", diz o sr. Russell, "que qualquer um desses possa ser ignorado ou totalmente eliminado por explicações como o efeito de causas de outro tipo." Assim, se Bismarck e Lênin tivessem morrido na infância, nosso mundo seria muito diferente do que, graças em parte aos dois, agora é. "A história ainda não é uma ciência, e só pode parecer científica por meio de falsificações e omissões." Na vida real, na vida como é vivida no dia a dia, o indivíduo nunca pode ser eliminado pela via da explicação. É apenas em teoria que suas contribuições parecem se aproximar do zero; na prática, eles são muito importantes. Quando um trabalho é realizado no mundo, quem realmente o faz? De quem são os olhos e os ouvidos que percebem, de quem é o córtex que faz o pensamento, quem tem os sentimentos que motivam, a vontade que supera os obstáculos? Com certeza não é o ambiente social; pois um grupo não é um organismo, mas apenas uma organização inconsciente cega. Tudo o que é feito dentro de uma sociedade é feito por indivíduos. Esses indivíduos são, é claro, profundamente influenciados pela cultura local, pelos tabus e pelas moralidades, pelas informações e pelas desinformações transmitidas do passado e preservadas num corpo de tradições faladas ou literatura escrita; mas tudo o que cada indivíduo tira da sociedade (ou, para ser mais preciso, tudo o que ele tira de outros indivíduos associados em grupos, ou a partir dos registros simbólicos compilados por outros indivíduos, vivos ou mortos) será usado por ele de maneira única — com *seus* sentidos especiais, *sua* composição bioquímica, *seu* físico e temperamento, e de ninguém mais. Nenhum volume de explicação científica, por mais abrangente que seja, pode explicar esses fatos evidentes. E vamos lembrar que o retrato científico que o professor Skinner pintou do homem como o produto do ambiente social não é o único retrato científico. Há outras semelhanças mais realistas. Considere, por exemplo, o retrato do professor Roger Williams. O que ele pinta não é o comportamento abstrato, mas corpos-mentes se comportando: corpos-mentes que são os produtos, em parte, do ambiente que compartilham com outros corpos-mentes e, em parte, de sua própria hereditariedade particular. Em *The Human Frontier* [A fronteira humana] e *Free and Unequal* [Livre e desigual], o professor Williams discorreu, com riqueza de evidências detalhadas, sobre as diferenças inatas entre os indivíduos, para as quais o dr. Watson não conseguiu encontrar nenhum suporte e cuja importância, aos olhos do professor Skinner, se aproxima do zero. Dentre os animais, a variabilidade biológica dentro de uma determinada espécie torna-se cada vez mais evidente à medida que subimos na escala evolutiva. Essa variabilidade biológica é maior no homem, e os seres humanos exibem um maior grau de diversidade bioquímica, estrutural e temperamental do que os membros de quaisquer outras espécies. Esse é um fato perfeitamente observável. Mas o que eu chamei de Vontade de Ordem, o desejo de impor uma uniformidade abrangente sobre a desconcertante multiplicidade de coisas e eventos, tem levado muita gente a ignorar esse fato. Eles minimizaram a singularidade biológica e concentraram toda a sua atenção nos fatores ambientais mais simples e, no atual estado do conhecimento, mais compreensíveis envolvidos no comportamento humano. "Como resultado desse pensamento e investigação centrados no meio ambiente", escreve o professor Williams,

> a doutrina da uniformidade essencial dos bebês humanos foi amplamente aceita e é sustentada por um grande corpo de psicólogos, sociólogos, antropólogos sociais e muitos outros, incluindo historiadores, economistas, educadores, juristas e homens de vida pública. Essa doutrina foi incorporada ao modo de pensar corrente de muitos que tiveram a ver com a criação de políticas educacionais e governamentais e é muitas vezes aceita sem questionamentos por aqueles que têm pouco pensamento crítico em particular.

Um sistema ético baseado em uma avaliação bastante realista dos dados da experiência provavelmente fará mais bem do que mal. Mas muitos sistemas éticos foram baseados em uma avaliação da experiência, uma visão da natureza das coisas, que é irremediavelmente irreal. É provável que tal ética faça mais mal do que bem. Assim, até tempos bem recentes, acreditava-se universalmente que o mau tempo, as doenças do gado e a impotência sexual poderiam ser, e em muitos casos eram de verdade, provocados pelas ações malévolas de magos. Capturar e matar magos era, portanto, um dever — e esse dever, além do mais, tinha sido ordenado divinamente no segundo Livro de Moisés: "Não permitirás que uma bruxa viva". Os sistemas de ética e direito que se basearam nessa visão errônea da natureza das coisas foram a causa (durante os séculos em que foram levados mais a sério por homens com autoridade) dos males mais terríveis. A orgia de espionagem, linchamento e assassinato judicial, que essas visões errôneas sobre a magia tornaram lógica e obrigatória, não encontrou correspondente até nossos dias, quando a ética comunista, baseada em visões equivocadas sobre economia, e a ética nazista, baseada em visões errôneas sobre raça, ordenaram e justificaram atrocidades em uma escala ainda maior. Consequências dificilmente menos indesejáveis tenderão a acontecer depois da adoção generalizada de uma ética social, baseada na visão errônea de que nossa espécie é totalmente sociável, que os bebês humanos nascem uniformes e que os indivíduos são o produto do condicionamento por e dentro do ambiente coletivo. Se essas visões fossem corretas, se os seres humanos fossem de fato membros de uma espécie sociável, e se suas diferenças fossem insignificantes e pudessem ser resolvidas por um condicionamento apropriado, então é óbvio que não haveria necessidade de liberdade e o Estado teria justificativa para perseguir os hereges que a exigissem. Para o cupim individual, trabalhar para o cupinzeiro é a liberdade perfeita. Mas os seres humanos não são completamente sociáveis; eles são apenas mais ou menos gregários. Suas sociedades não são organismos, como a colmeia ou o formigueiro; são organizações, em outras palavras, máquinas ad hoc para a vida coletiva. Além disso, as diferenças entre os indivíduos são tão grandes que, apesar da mais intensa equalização cultural, um endomorfo extremo (para usar a terminologia de W. H. Sheldon)[17] manterá suas características viscerotônicas sociáveis, um mesomorfo extremo permanecerá energeticamente somatotônico não importa o que aconteça, e um ectomorfo extremo sempre será cerebrotônico, introvertido e hipersensível. No admirável mundo novo de minha fábula, o comportamento socialmente desejável foi assegurado por um duplo processo de manipulação genética e condicionamento pós-natal. Bebês eram cultivados em garrafas, e um alto grau de uniformidade no produto humano foi garantido com o uso de óvulos de um número limitado de mães e tratando cada óvulo de forma que se dividisse várias vezes, produzindo gêmeos idênticos em lotes de cem ou mais. Dessa forma, foi possível produzir cuidadores de máquinas

---

17 Proposta entre as décadas de 1940 e 1950 pelo psicólogo americano William H. Sheldon, a teoria dos somatótipos buscava correlacionar características intelectuais, morais e de temperamento ao formato do corpo humano, dividido em três categorias: os "endomorfos" (gordos e atarracados), "mesomorfos" (atléticos, musculosos) e "ectomorfos" (magros e longilíneos). Cientificamente, essas ideias não são mais levadas a sério, e hoje se sabe que o trabalho de Sheldon envolvia sérios problemas éticos, incluindo fraudes e o uso não autorizado de fotos de pessoas nuas.

padronizados para máquinas padronizadas. E a padronização dos cuidadores de máquinas foi aperfeiçoada, depois do nascimento, pelo condicionamento infantil, pela hipnopedia e pela euforia induzida por química como um substituto para a satisfação de se sentir livre e criativo. No mundo em que vivemos, como foi apontado nos capítulos anteriores, forças vastas e impessoais estão avançando na direção da centralização do poder e de uma sociedade estritamente controlada. A padronização genética dos indivíduos ainda é impossível; mas o Grande Governo e o Grande Negócio já possuem, ou logo irão possuir, todas as técnicas de manipulação da mente descritas em *Admirável mundo novo*, junto com outras que não tive muita imaginação para sonhar. Sem a capacidade de impor uniformidade genética aos embriões, os governantes do mundo superpovoado e superorganizado de amanhã tentarão impor uniformidade social e cultural aos adultos e a seus filhos. Para alcançar esse fim, eles farão uso (a menos que sejam impedidos) de todas as técnicas de manipulação da mente à sua disposição e não hesitarão em reforçar esses métodos de persuasão não racional por meio de coerção econômica e ameaças de violência física. Se quisermos evitar esse tipo de tirania, devemos começar sem demora a educar a nós mesmos e nossos filhos pela liberdade e pelo autogoverno.

Tal educação para a liberdade deveria ser, como eu já disse, uma educação acima de tudo em termos de fatos e valores: o fato da diversidade individual e singularidade genética e os valores de liberdade, tolerância e caridade mútua, que são os corolários éticos desses fatos. Mas infelizmente o conhecimento correto e princípios sólidos não são suficientes.

Uma verdade sem graça pode ser eclipsada por uma mentira emocionante. Um habilidoso apelo à paixão costuma ser forte demais para as melhores resoluções. Os efeitos da propaganda falsa e perniciosa não podem ser neutralizados exceto por um treinamento completo na arte de analisar suas técnicas e enxergar através de seus sofismas. A linguagem tornou possível o progresso do homem, da animalidade à civilização. Mas a linguagem também inspirou aquela loucura sustentada e aquela maldade sistemática e genuinamente diabólica não menos características do comportamento humano que são as virtudes, inspiradas pela linguagem, da premeditação sistemática e da constante benevolência angelical. A linguagem permite que seus usuários prestem atenção em coisas, pessoas e eventos, mesmo quando as coisas e pessoas estão ausentes e os eventos não estão ocorrendo. A linguagem define nossas memórias e, ao traduzir experiências em símbolos, converte o imediatismo de desejo ou aversão, de ódio ou amor, em princípios fixos de sentimento e conduta. De alguma forma que nos é totalmente inconsciente, o sistema reticular do cérebro seleciona, a partir de uma série de estímulos incontáveis, as poucas experiências que são de importância prática para nós. A partir dessas experiências selecionadas de forma inconsciente, nós mais ou menos conscientemente selecionamos e abstraímos um número menor, que rotulamos com palavras de nosso vocabulário e, em seguida, classificamos dentro de um sistema ao mesmo tempo metafísico, científico e ético, feito de outras palavras em um nível superior de abstração. Nos casos em que a seleção e a abstração foram ditadas por um sistema que não é muito errôneo como uma visão da natureza das coisas, e onde os rótulos verbais foram escolhidos de forma inteligente e sua natureza simbólica claramente entendida, nosso comportamento tende a ser realista e toleravelmente decente. Mas sob a influência de palavras mal escolhidas, aplicadas, sem qualquer compreensão de seu caráter meramente simbólico, para experiências que foram selecionadas e abstraídas à luz de um sistema de ideias errôneas, estamos aptos a nos comportar com uma atitude demoníaca e uma estupidez organizada, coisas das quais animais mudos (porque são *de fato* mudos e não podem falar) são abençoadamente incapazes.

Em sua propaganda antirracional, os inimigos da liberdade pervertem de modo sistemático os recursos da linguagem a fim de enganar ou forçar violentamente suas vítimas a pensar, sentir e agir como eles, os manipuladores da mente, querem que pensem, sintam e ajam. Uma educação pela liberdade (e pelo amor e inteligência que são ao mesmo tempo as condições e os resultados da liberdade) deve ser, entre outras coisas, uma educação nos usos adequados da linguagem. Nas últimas duas ou três gerações, os filósofos dedicaram muito tempo e pensamento à análise dos símbolos e ao significado do significado. Como as palavras e frases que falamos estão relacionadas às coisas, pessoas e eventos com os quais temos de lidar em nossa vida cotidiana? Discutir esse problema demoraria muito e nos levaria longe demais. Basta dizer que todos os materiais intelectuais para uma boa educação no uso adequado da linguagem — uma educação em todos os níveis, do jardim de infância à pós-graduação — estão hoje disponíveis. Tal educação na arte de distinguir entre o uso adequado e inadequado de símbolos poderia ser iniciada de imediato. Na verdade, poderia até ter sido iniciada a qualquer momento dos últimos trinta ou quarenta anos. E ainda assim as crianças não são em lugar algum ensinadas, de nenhuma forma sistemática, a distinguir declarações verdadeiras de falsas ou afirmações significativas das sem sentido. Por que isso acontece? Porque os mais velhos, mesmo nos países democráticos, não querem que eles recebam esse tipo de educação. Nesse contexto, a breve e triste história do Institute for Propaganda Analysis é altamente significativa. O instituto foi fundado em 1937, quando a propaganda nazista estava em seu nível mais barulhento e eficaz, pelo sr. Filene, o filantropo da Nova Inglaterra. Sob seus auspícios, análises de propaganda não racional foram realizadas, e diversos textos para instrução de alunos de ensino médio e universidades foram preparados. Então veio a guerra — uma guerra total em todas as frentes, tanto a mental quanto a física. Com todos os governos aliados envolvidos na "guerra psicológica", insistir na conveniência de analisar a propaganda parecia algo um pouco sem tato. O instituto foi fechado em 1941. Porém, antes mesmo da eclosão das hostilidades, havia muitas pessoas para as quais suas atividades pareciam profundamente questionáveis. Certos educadores, por exemplo, desaprovavam o ensino de análise de propaganda porque isso tornaria os adolescentes indevidamente cínicos. E isso tampouco foi bem recebido pelas autoridades militares, que temiam que os recrutas pudessem começar a analisar as declarações de sargentos instrutores. E depois, havia os clérigos e os anunciantes. Os clérigos eram contra a análise de propaganda, pois ela tendia a minar a crença e diminuir a frequência à igreja; os anunciantes se opuseram, alegando que isso poderia prejudicar a fidelidade à marca e reduzir as vendas.

Esses medos e desgostos não eram infundados. Um escrutínio muito intenso da parte de muitas pessoas comuns do que é dito por seus pastores e mestres pode ser algo profundamente subversivo. Em sua forma corrente, a ordem social depende, para sua existência continuada, da aceitação, sem muitas perguntas constrangedoras, da propaganda feita por aqueles em posição de autoridade e da propaganda santificada pelas tradições locais. O problema, mais uma vez, é encontrar o feliz meio-termo. Os indivíduos devem ser sugestionáveis o suficiente para estarem dispostos e capazes de fazer sua sociedade funcionar, mas não tão sugestionáveis a ponto de caírem vítimas indefesas sob o feitiço de manipuladores mentais profissionais. De modo similar, eles deveriam poder aprender o suficiente sobre análise de propaganda a fim de que fossem preservados de uma crença acrítica em um completo absurdo, mas não tanto a ponto de fazê-los rejeitar abertamente as declarações nem sempre racionais dos bem-intencionados guardiões da tradição. Talvez o feliz meio-termo entre a credulidade e um ceticismo total nunca seja encontrado e mantido apenas pela análise. Essa abordagem um tanto negativa do problema terá de ser complementada por algo mais positivo: a enunciação de um conjunto de valores geralmente aceitáveis fundamentados em uma base sólida de fatos. O valor, acima de tudo, da liberdade individual, com base nos fatos da diversidade humana e singularidade genética; o valor da caridade e da compaixão, com base no antigo fato familiar, recentemente redescoberto pela psiquiatria moderna — o fato de que, qualquer que seja sua diversidade mental e física, o amor é tão necessário para os seres humanos quanto comida e abrigo; e finalmente o valor da inteligência, sem o qual o amor é impotente e a liberdade, inatingível. Esse conjunto de valores nos fornecerá um critério por intermédio do qual a propaganda pode ser julgada. A propaganda que for considerada sem sentido e imoral pode ser rejeitada de imediato. A que é meramente irracional, mas compatível com amor e liberdade, e não se opõe por princípio ao exercício da inteligência, pode ser aceita provisoriamente sem grandes problemas.

Capítulo XII
O que pode ser feito?

Podemos ser educados para a liberdade — muito mais bem educados para ela do que somos no momento. Mas a liberdade, como tentei demonstrar, está ameaçada de muitas direções, e essas ameaças são de muitos tipos diferentes — demográficos, sociais, políticos, psicológicos. Nossa doença tem uma multiplicidade de causas que cooperam entre si e não poderá ser curada, a não ser por uma multiplicidade de remédios que colaborem entre si. Ao lidar com qualquer situação humana complexa, devemos levar em consideração todos os fatores relevantes, não apenas um único fator. Nada menos que tudo já é o bastante. A liberdade está ameaçada, e educação para a liberdade é algo urgentemente necessário. Mas muitas outras coisas também são — por exemplo, uma organização social para a liberdade, o controle da natalidade para a liberdade, uma legislação para a liberdade. Vamos começar com o último desses itens.

Desde a época da Magna Carta e até antes, os criadores da lei inglesa têm se preocupado com a proteção da liberdade física do indivíduo. Uma pessoa que está sendo mantida na prisão por motivo de legalidade duvidosa tem o direito, nos termos da Lei Comum conforme esclarecida pelo estatuto de 1679, de apelar a um dos tribunais superiores de justiça para obter um habeas corpus. Essa apelação é dirigida, por um juiz do tribunal superior, a um delegado ou carcereiro, e exige que ele, dentro de um período de tempo especificado, leve a pessoa que está mantendo sob custódia ao tribunal para um exame de seu caso — para que leve, note-se, não a reclamação por escrito da pessoa nem seus representantes legais, mas seu corpus, seu corpo, a carne muito sólida que foi obrigada a dormir sobre tábuas, a cheirar o ar fétido da prisão, a comer a comida revoltante da prisão. Essa preocupação com a condição básica de liberdade — a ausência de restrição física — é inquestionavelmente necessária, mas não só isso. É possível que um homem esteja fora da prisão e ainda não seja livre; não estar sob nenhuma restrição física e ainda assim ser um prisioneiro psicológico, compelido a pensar, sentir e agir como os representantes do Estado nacional, ou de algum interesse privado dentro da nação, querem que ele pense, sinta e aja. Nunca existirá um recurso de *habeas mentem*; pois nenhum delegado ou carcereiro pode levar uma mente ilegalmente aprisionada ao tribunal, e nenhuma pessoa cuja mente se tornou cativa pelos métodos descritos em artigos anteriores estaria em posição de reclamar de seu cativeiro. A natureza da compulsão psicológica é tal que aqueles que agem sob restrição permanecem com a impressão de que estão agindo por iniciativa própria. A vítima de manipulação da mente não sabe que é uma vítima. Para ela, as paredes de sua prisão são invisíveis, e ela acredita e as boas leis permanecerão no livro de estatutos; mas essas formas liberais servirão apenas para mascarar e adornar profundamente essa substância não liberal. Com toda essa superpopulação e excesso de organização sem controle, podemos esperar ver nos países democráticos uma reversão do processo que transformou a Inglaterra em uma democracia, enquanto retém todas as formas externas de uma monarquia. Sob o impulso implacável de acelerar a superpopulação e aumentar a superorganização, e por meio de métodos cada vez mais eficazes de manipulação da mente, as democracias mudarão de natureza; as formas antigas e pitorescas — eleições, parlamentos, cortes supremas e todo o resto — permanecerão. A substância subjacente será um novo tipo de totalitarismo não violento. Todos os nomes tradicionais, todos os slogans santificados permanecerão exatamente como eram nos bons e velhos tempos. Democracia e liberdade serão o tema de cada programa e editorial — mas democracia e liberdade em um sentido estritamente pickwickiano.[18] Enquanto isso, a oligarquia dominante e sua elite altamente treinada de soldados, policiais, fabricantes de pensamentos e manipuladores da mente comandarão o show com discrição, da forma que achar melhor.

Como podemos controlar as vastas forças impessoais que agora ameaçam nossas liberdades duramente conquistadas? No nível verbal e em termos gerais, a pergunta pode ser respondida com a maior facilidade. Considere o problema da superpopulação. Números de humanos em crescimento

---

18   Aqui Huxley faz uma referência ao romance *The Posthumous Papers of the Pickwick Club* (mais conhecido como *The Pickwick Papers*), de Charles Dickens, publicado em 1836. O protagonista, Samuel Pickwick, é fundador e presidente perpétuo do Clube Pickwick, e se envolve em várias aventuras no interior da Inglaterra. É caracterizado como um sujeito confuso e um tanto conservador, que se vê bem-sucedido em suas aventuras, ainda que o êxito se dê por vias tortas.

acelerado estão fazendo uma pressão cada vez mais forte sobre os recursos naturais. O que pode ser feito? É óbvio que precisamos, com toda a velocidade possível, reduzir a taxa de natalidade até o ponto em que ela não exceda a taxa de mortalidade. Ao mesmo tempo, devemos, com toda a velocidade possível, aumentar a produção de alimentos, instituir e implementar uma política mundial para conservar nossos solos e nossas florestas, desenvolver substitutos práticos, de preferência menos perigosos e menos rapidamente esgotáveis do que o urânio, para nossos combustíveis atuais; e enquanto cuidamos de nossos recursos cada vez menores de minerais facilmente disponíveis, devemos criar métodos novos e não muito caros para extrair esses minerais de minérios cada vez mais pobres — sendo o mais pobre de todos a água do mar. Mas tudo isso, escusado dizer, é quase infinitamente mais fácil falar do que fazer. O crescimento anual dos números deve ser reduzido. Mas como? Temos duas opções: fome, pestilência e guerra por um lado, controle de natalidade por outro. A maioria de nós escolhe o controle da natalidade — e no mesmo instante se vê confrontada por um problema que é um quebra-cabeça em fisiologia, farmacologia, sociologia, psicologia e até teologia. "A pílula" ainda não foi inventada.[19] Quando e se for inventada, como pode ser distribuída para as muitas centenas de milhões de mães em potencial (ou, se for uma pílula que funciona para os homens, pais em potencial), quem terá de tomá-la se quisermos que a taxa de

---

19 Embora já estivesse sendo pesquisada na época, a primeira pílula anticoncepcional só seria aprovada pela FDA (Food and Drug Administration) dos Estados Unidos em 1960, ou seja, dois anos após a publicação deste ensaio.

natalidade da espécie seja reduzida? E, dados os costumes sociais existentes e as forças da inércia cultural e psicológica, como aqueles que deveriam tomar a pílula, mas não querem, podem ser convencidos a mudar de ideia? E quanto às objeções por parte da Igreja católica romana, a qualquer forma de controle de natalidade, exceto o chamado método do ritmo — um método, aliás, que provou, até agora, ser quase completamente ineficaz na redução da taxa de natalidade das sociedades industrialmente atrasadas, onde tal redução se faz necessária com mais urgência? E essas questões sobre a futura pílula hipotética devem ser feitas, com pouca perspectiva de induzir respostas satisfatórias, a respeito dos métodos químicos e mecânicos de controle de natalidade já disponíveis.

Quando passamos dos problemas de controle de natalidade para os problemas de aumentar o suprimento de alimentos disponíveis e conservar nossos recursos naturais, nos vemos confrontados com dificuldades que talvez não sejam enormes, mas ainda assim são grandes. Esse é o problema, antes de tudo, da educação. Em quanto tempo os inúmeros camponeses e agricultores, que agora são responsáveis por cultivar a maior parte do suprimento mundial de alimentos, podem ser educados a fim de melhorar seus métodos? E quando e se eles forem educados, onde encontrarão o capital para provê-los com as máquinas, o combustível e os lubrificantes, a energia elétrica, os fertilizantes e as variedades melhoradas de alimentos vegetais e animais domésticos, sem os quais a melhor educação agrícola é inútil? Da mesma forma, quem vai educar a raça humana nos princípios e práticas de conservação? E como os camponeses famintos de um país cuja população e demandas por alimentos estão crescendo rapidamente podem ser impedidos de "minerar o solo"? E se eles puderem ser impedidos, quem vai pagar por seu sustento enquanto a terra ferida e exausta está sendo aos poucos restaurada de volta, se isso ainda for viável, à saúde e à fertilidade restaurada? Ou considere as sociedades atrasadas que agora estão tentando se industrializar. Se conseguirem, quem haverá de impedi-los, em seus esforços desesperados para recuperar o atraso, de desperdiçar os recursos insubstituíveis do planeta de modo tão estúpido e irresponsável quanto já foi feito, e ainda está sendo feito, por seus precursores nessa corrida? E quando chegar o dia do acerto de contas, onde, nos países mais pobres, alguém encontrará a mão de obra científica e as enormes quantidades de capital necessárias para extrair os minerais indispensáveis de minérios onde a concentração é muito baixa, nas circunstâncias existentes, para tornar a extração tecnicamente viável ou economicamente justificável? Pode ser que, com o tempo, uma resposta prática a todas essas perguntas seja encontrada. Mas em quanto tempo? Em qualquer corrida entre os números humanos e os recursos naturais, o tempo está contra nós. Até o final do presente século, pode haver, se nos esforçarmos muito, o dobro de comida nos mercados mundiais com relação a hoje. Mas também haverá pelo menos duas vezes mais gente, e vários bilhões dessas pessoas viverão em países parcialmente industrializados e consumindo dez vezes mais energia, água, madeira e minerais insubstituíveis do que consomem agora. Em suma, a situação alimentar estará tão ruim quanto hoje, e a situação das matérias-primas será bem pior.

Encontrar uma solução para o problema da superorganização não é mais fácil do que encontrar uma solução para o problema dos recursos naturais e números crescentes. No nível verbal e em termos gerais, a resposta é perfeitamente simples. É um axioma político: o poder segue a propriedade. Mas agora é um fato histórico que os meios de produção estão rapidamente se tornando propriedade monopolística do Grande Negócio e do Grande Governo. Portanto, se você acredita em democracia, faça arranjos para distribuir a propriedade de modo tão amplo quanto possível.

Ou ainda, o direito ao voto. Em princípio, esse é um grande privilégio. Na prática, como a história recente tem mostrado repetidamente, o direito de voto, por si só, não é garantia de liberdade. Portanto, se você deseja evitar a ditadura por referendo, divida os coletivos funcionais da sociedade moderna em grupos de cooperação voluntária autogovernados, capazes de funcionar fora dos sistemas burocráticos do Grande Negócio e do Grande Governo.

A superpopulação e a superorganização produziram a metrópole moderna, na qual uma vida plenamente humana de múltiplos relacionamentos pessoais se tornou quase impossível. Portanto, se você deseja evitar o empobrecimento espiritual de indivíduos e sociedades inteiras, deixe a metrópole e reviva a pequena comunidade do interior, ou, de modo alternativo, humanize a metrópole, criando dentro de sua rede de organização mecânica os equivalentes urbanos de pequenas comunidades campestres, nas quais os indivíduos podem se encontrar e cooperar como pessoas completas, não como meras personificações de funções especializadas.

Tudo isso é óbvio hoje e, de fato, era óbvio há cinquenta anos. De Hilaire Belloc ao sr. Mortimer Adler, dos primeiros apóstolos das cooperativas de crédito até os reformadores agrários da Itália e do Japão modernos, homens de boa vontade têm defendido por gerações a descentralização do poder econômico e a ampla distribuição de propriedade. E quantos esquemas engenhosos foram propostos para a dispersão da produção, para um retorno à "indústria de aldeia" de pequena escala. E também os planos elaborados de Dubreuil para dar uma medida de autonomia e iniciativa aos vários departamentos de uma única grande organização industrial. Havia os sindicalistas, com seus projetos para uma sociedade sem Estado organizada como uma federação de grupos produtivos sob o auspício dos sindicatos. Nos Estados Unidos, Arthur Morgan e Baker Brownell expuseram a teoria e descreveram a prática de um novo tipo de comunidade que vive no nível da aldeia e de pequena cidade.

O professor Skinner, de Harvard, apresentou a visão de um psicólogo do problema em seu *Walden Two*, um romance utópico sobre uma comunidade autossustentável e autônoma, tão cientificamente organizada que ninguém nunca é levado à tentação antissocial e, sem recurso à coerção ou propaganda indesejável, todos fazem o que deveriam fazer, e todos são felizes e criativos. Na França, durante e depois da Segunda Guerra Mundial, Marcel Barbu e seus seguidores estabeleceram uma série de comunidades de produção autônomas e não hierárquicas, que também eram comunidades de ajuda mútua e vida humana plena. E enquanto isso, em Londres, o Peckham Experiment demonstrou que é possível, coordenando serviços de saúde com os interesses mais amplos do grupo, criar uma verdadeira comunidade mesmo em uma metrópole.

Vemos, então, que a doença da superorganização foi claramente reconhecida, que vários remédios abrangentes foram prescritos e que tratamentos experimentais dos sintomas têm sido tentados aqui e ali, muitas vezes com considerável sucesso. E no entanto, apesar de toda essa pregação e essa prática exemplar, a doença fica cada vez pior. Sabemos que não é seguro permitir a concentração de poder nas mãos de uma oligarquia dominante; no entanto, o poder está de fato sendo concentrado em cada vez menos mãos. Sabemos que, para a maioria das pessoas, a vida em uma grande cidade moderna é anônima, atômica, menos do que totalmente humana; não obstante, as cidades enormes crescem cada vez mais e o padrão de vida urbano-industrial continua inalterado. Sabemos que, em uma sociedade muito grande e complexa, a democracia é quase sem sentido, exceto em relação a grupos autônomos de tamanho administrável; no entanto, cada vez mais os assuntos de cada nação são administrados pelos burocratas do Grande Governo e do Grande Negócio. É muito evidente que, na prática, o problema de superorganização é quase tão difícil de resolver quanto o problema de superpopulação. Em ambos os casos, sabemos o que deveria ser feito; mas em nenhum dos casos fomos capazes, até agora, de agir efetivamente com o conhecimento de que dispomos.

Nesse ponto, somos confrontados com uma questão muito inquietante: queremos de fato agir de acordo com o conhecimento de que dispomos? Será que a maioria da população acha que vale a pena se dar tanto assim ao trabalho a fim de interromper e, se possível, reverter a tendência atual para o controle totalitário de tudo? Nos Estados Unidos — e a América é a imagem profética do resto do mundo urbano-industrial como será daqui a alguns anos —, pesquisas recentes de opinião pública revelaram que a maioria real dos adolescentes, os eleitores de amanhã, não tem fé nas instituições democráticas, não vê nenhuma objeção à censura de ideias impopulares, não acredita que o governo do povo pelo povo seja possível e ficaria perfeitamente contente se pudesse continuar a viver no estilo ao qual o boom a acostumou, a ser governada de cima, por uma oligarquia de especialistas variados. Que tantos dos bem alimentados jovens telespectadores na democracia mais poderosa do mundo sejam tão completamente indiferentes à ideia de autogoverno, tão inexpressivamente desinteressados pela liberdade de pensamento e pelo direito de discordar, é angustiante, mas não muito surpreendente. "Livre como um pássaro", dizemos, e invejamos as criaturas aladas por seu poder de movimento irrestrito em todas as três dimensões. Mas, infelizmente, esquecemos o dodô. Qualquer pássaro que aprendeu a conseguir uma vida boa sem ser compelido a usar suas asas em breve renunciará ao privilégio de voar e permanecerá para sempre no chão. O mesmo se aplica aos seres humanos. Se o pão for fornecido de maneira regular e copiosa três vezes ao dia, muitos deles ficarão perfeitamente contentes em viver só de pão — ou pelo menos só de pão e circo. "No final", diz o Grande Inquisidor na parábola de Dostoiévski, "no final eles colocarão sua liberdade aos nossos pés e nos dirão: 'Fazei de nós seus escravos, mas nos alimente'." E quando Alócha Karamázov pergunta a seu irmão, que contou essa história, se o Grande Inquisidor está sendo irônico, Ivan responde: "Nem um pouco! Ele afirma isso como um mérito para si e para sua Igreja, que derrotaram a liberdade e fizeram isso a fim de fazer os homens felizes". Sim, para fazer os homens felizes; "pois nada", o Inquisidor insiste, "sempre foi mais insuportável para um homem ou uma sociedade humana do que a liberdade." Nada, exceto a ausência de liberdade; pois quando as coisas vão mal e as rações são reduzidas, os dodôs no chão clamarão de novo por suas asas — apenas para renunciar a elas, ainda mais uma vez, quando os tempos ficarem melhores e os criadores de dodôs se tornarem mais lenientes e generosos. Os jovens que agora pensam tão mal da democracia podem crescer para se tornar lutadores pela liberdade. O grito de "Dê--me televisão e hambúrgueres, mas não me incomode com as responsabilidades da liberdade" pode ceder, sob outras circunstâncias, ao grito de "Dê-me liberdade ou dê-me a morte".[20] E, se tal revolução ocorrer, será em parte devido à operação de forças sobre as quais mesmo os governantes mais poderosos têm muito pouco controle, em parte devido à incompetência desses governantes, sua incapacidade para fazer uso eficaz dos instrumentos de manipulação da mente que a ciência e a tecnologia forneceram, e continuarão fornecendo, ao possível tirano. Considerando o quão pouco eles sabiam e como estavam mal equipados, os Grandes Inquisidores de outrora até que se saíram incrivelmente bem. Mas seus sucessores, os ditadores bem informados e completamente científicos do futuro, sem dúvida serão ca-

20 *"Give me liberty, or give me death!"* é uma citação atribuída a Patrick Henry em um discurso realizado na Segunda Convenção da Virgínia, em 23 de março de 1775.

pazes de fazer muito melhor. O Grande Inquisidor censura Cristo por ter convocado os homens para ser livres e diz a Ele que "nós corrigimos tua obra e a fundamentamos em milagres, mistérios e autoridade". Mas milagre, mistério e autoridade não são suficientes para garantir a sobrevivência indefinida de uma ditadura. Em minha fábula do *Admirável mundo novo*, os ditadores acrescentaram a ciência à lista e assim foram capazes de fazer cumprir sua autoridade, manipulando os corpos dos embriões, os reflexos de bebês e a mente de crianças e adultos. E em vez de apenas falar sobre milagres e sugerir mistérios de forma simbólica, eles foram capazes de, por meio de drogas, dar aos seus súditos a experiência direta de mistérios e milagres — para transformar a mera fé em conhecimento extático. Os ditadores mais antigos caíram porque jamais conseguiriam fornecer aos seus súditos pão suficiente, circo suficiente, milagres e mistérios suficientes. E tampouco possuíam um verdadeiro sistema eficaz de manipulação da mente. No passado, livres-pensadores e revolucionários eram com frequência os produtos da educação ortodoxa mais piedosa. Isso não é surpreendente. Os métodos empregados por educadores ortodoxos foram e ainda são extremamente ineficientes. Sob o comando de um ditador científico, a educação funcionará de fato — com o resultado de que a maioria dos homens e mulheres crescerá para amar sua servidão e jamais sonhará com uma revolução. Parece não haver uma boa razão para que uma ditadura totalmente científica deva ser derrubada.

Enquanto isso, ainda resta alguma liberdade no mundo. Muitos jovens, é verdade, não parecem valorizar a liberdade. Mas alguns de nós ainda acreditamos que, sem liberdade, o ser humano não pode se tornar totalmente humano, e essa liberdade é, portanto, extremamente valiosa. Talvez as forças que agora ameaçam a liberdade sejam muito fortes para que possam resistir por muito tempo. Mas ainda é nosso dever fazer tudo que pudermos para resistir a elas.

Às portas do Mundo Novo

Carlos Orsi

Alguns capítulos de *Retorno ao Admirável mundo novo* se leem quase como jornalismo científico — descrevendo o que o autor via como o estado da arte das ciências do comportamento (psicologia, pedagogia e neuroquímica, principalmente) da época em que a obra foi escrita. Assim como a ficção científica, o jornalismo científico tende a envelhecer mal quando nos apegamos a detalhes factuais: o tanto de litros de tinta gastos na imprensa para tratar de "curas do câncer" que, ao fim e ao cabo, só funcionam em camundongos talvez seja comparável ao empregado em contos e romances sobre dinossauros nos pântanos de Vênus ou piratas nos canais de Marte, ambas especulações ficcionais "verossímeis" frente ao conhecimento planetário disponível nas décadas iniciais do século passado.

Huxley parece, por exemplo, preso a um essencialismo genético que já não tem mais lugar na biologia. Se ele está certo ao se insurgir contra a ideia de que todo ser humano recém-nascido é uma tábula rasa — uma tela em branco onde a família e a sociedade podem pintar o que bem entenderem —, erra, no entanto, ao subestimar a complexidade das relações que existem entre as realidades biológica e cultural.

O meio afeta a expressão de certos genes (o impacto da desnutrição grave no crescimento e no desenvolvimento intelectual sendo um exemplo extremo). Da mesma forma, condições sociais e ambientais adequadas podem permitir que pessoas prejudicadas por problemas genéticos floresçam de modo espetacular. Se é verdade que todos nascemos presos a âncoras geneticamente determinadas, também é verdade que as correntes que amarram a trajetória de nossas vidas a tais âncoras são mais longas e flexíveis do que o autor deste *Retorno* poderia imaginar, em meados do século passado.

Mas, assim como a melhor ficção, o melhor jornalismo encontra meios de transcender seu objeto imediato: se muitas das tecnologias descritas por Huxley em seu ensaio caíram em descrédito ou mostraram-se de eficácia extremamente limitada (caso, por exemplo, da hipnopedia e do uso de sons e imagens subliminares para afetar comportamentos, respectivamente), o insight fundamental do livro segue dotado de validade e importância cristalinas. Se o ignoramos, nós do século xxi, fazemo-lo por nossa própria conta e risco — o risco de construir nossa distopia particular.

E que insight é esse? O de que a maior ameaça à democracia e à liberdade humana encontra-se não mais no poder das armas, da tortura ou da coerção explícita, mas no da manipulação dos incentivos positivos: no uso tático de ferramentas suaves de prazer e persuasão que façam as pessoas se sentirem felizes e recompensadas enquanto são oprimidas ou praticam o mal. A pessoa "bem ajustada" a uma sociedade injusta não é aquela que combate a injustiça, mas a que acha tudo normal e busca formas de beneficiar-se do inominável.

Huxley, nesse aspecto, diagnostica a ferida ética fundamental da publicidade: do apelo às emoções mais baixas, aos impulsos mais mesquinhos, ao egoísmo e ao narcisismo, em detrimento da razão, para satisfazer a interesses comerciais. Também detecta o surgimento do homem corporativo, aquele que é mais leal à firma do que à família; nas palavras do protagonista de outra distopia (*Clube da Luta*, de Chuck Palahniuk), aquele "que trabalha num emprego que odeia para poder comprar coisas de que não precisa".

O autor condena a transferência dessa mesma falta de escrúpulos publicitária para a esfera da disputa política democrática. O político das democracias do futuro, escreveu o autor em 1958, será medido não pela solidez e pelos méritos de suas propostas, mas por sua capacidade de "olhar com sinceridade" para a câmera.

Mal sabia ele. *Retorno ao Admirável mundo novo* contém o mapa profundo de uma distopia que parece estar muito próxima de nós (ou já presente — afinal, quem vive numa distopia consegue dar-se conta disso?).

É difícil ler os capítulos centrais deste livro, do IV ao VII, e não sentir um frio na espinha ao refletir sobre o mundo atual, hipermidiatizado, dominado por redes construídas segundo a psicologia dos caça-níqueis — equipamentos projetados para manter os jogadores hipnotizados, inserindo moeda após moeda, puxando seguidamente a alavanca na ilusão de que o *jackpot*, o grande prêmio, "quase" saiu, que talvez só mais uma pequena aposta... princípio que em nada difere dos cliques febris com que buscamos o próximo like, o próximo compartilhamento, o *jackpot* da celebridade instantânea e da tão sonhada "monetização do conteúdo".

Numa economia baseada em atenção, onde o olhar do público é a mercadoria mais valiosa, a manipulação científica e deliberada de incentivos e de afetos está em toda parte, e as novas gerações nem sequer veem problema nisso. Algoritmos detectam padrões em nossas andanças pelo mundo virtual (e, com o GPS de nossos telefones, pelo mundo real também) e extrapolam o que deve ser mais fácil de nos vender — as coisas de que não precisamos, mas que nos mantêm nos empregos que odiamos. Peças publicitárias quase que personalizadas, carregadas dos gatilhos emocionais certos para reduzir a resistência crítica do destinatário, bombardeiam nossas telas. Usados politicamente, esses instrumentos nos levam às doces mentiras em que queremos acreditar, apresentadas por canalhas com quem, infelizmente, nos identificamos e que "olham com sinceridade" para a câmera.

A trapaça intelectual, o exagero no limite da falsidade, o título de notícia que não promete mais informação, mas emoção ("O que aconteceu nesta festa vai te surpreender!"), a publicidade "nativa" — isto é, infiltrada em conteúdo ostensivamente jornalístico, parasitando seus marcadores de imparcialidade e credibilidade — passam a ser vistos não como ultrajes, mas como oportunidades legítimas. O sucesso prático das técnicas publicitárias do apelo à emoção e da construção de associações irracionais — você não está comprando um iogurte, está comprando beleza, longevidade e o prazer vicário de imaginar-se vivendo a vida desta moça cheia de glamour — leva à corrosão da primazia ética e estética do discurso racional na esfera pública. Se fazer gritar dá mais dinheiro e mais votos do que fazer pensar, que venham os berros, e dane-se o pensamento.

Alertas sobre manipulação psicológica são muitas vezes criticados, e com razão, por embutir um caráter elitista comumente descrito como "efeito terceira pessoa": "eles" — o povo, o público, a massa ignara — são ingênuos e vulneráveis, "nós" — os intelectuais, os estudiosos, os alfabetizados — conseguimos enxergar além da fumaça e dos espelhos.

Esse efeito (do qual Huxley, aliás, não escapa) já aparece registrado no "Sermão da montanha": "Por que reparas no cisco do olho do teu irmão, e a trave no teu próprio olho não percebes?". Mas enquanto a moral da passagem, no Evangelho, diz respeito a arrogância e hipocrisia, no contexto da distopia próxima (ou presente?) é mais um aviso: todos somos vulneráveis. Para cada tentativa de influenciar-nos a agir contra nossos próprios interesses que detectamos e de que escapamos — evitando desperdiçar dinheiro em produtos que jamais entregarão a promessa implícita no comercial (sua vida jamais será glamorosa como a da moça do anúncio, porque nem a moça do anúncio tem uma vida glamorosa como a moça do modo que aparece anúncio), ou deixando de votar em políticos simpáticos que arruinariam o país —, há inúmeras outras que nos pegam desprevenidos.

"Manipulação psicológica" não é controle da mente, lavagem cerebral, interferência telepática ou zumbificação: é apenas a administração criteriosa de incentivos, a aplicação planejada de recompensas e da pressão do grupo. Huxley cita o maior propagador da psicologia behaviorista, B. F. Skinner, mas não menciona seu artigo científico seminal, "A 'superstição' no pombo", de 1948, em que o psicólogo descreve como um pombo adquire "hábitos supersticiosos", repetindo indefinidamente o movimento que realizava no momento em que a comida caía na gaiola — mesmo quando a distribuição de alimento é aleatória. Seres humanos são muito mais complexos, claro, mas o princípio é o mesmo.

Algo que provavelmente distinguirá a distopia próxima (ou presente) da maioria das distopias literárias será seu caráter eminentemente descentralizado, ao menos nos estágios iniciais. Huxley escreveu *Retorno ao Admirável mundo novo* sob o espectro da tirania soviética, e boa parte do ensaio se dedica a analisar o que ele considerava os fatores de risco que poderiam levar a uma centralização patológica do poder político e econômico: superpopulação, a disciplina e controle necessários à produção e distribuição em massa de bens, a eclosão de problemas sociais incontornáveis na ausência de um Estado forte.

Embora muitos desses fatores sigam presentes, nossa distopia particular conta com um par de elementos extras que o autor não pôde prever: a pulverização do acesso ao público (com as plataformas de mídia social, cada pessoa é, potencialmente, uma editora, um estúdio de rádio, de TV e de cinema em si mesmo), somada à concentração do pensamento — uma concentração em que os diversos grupos e indivíduos presentes na sociedade podem até divergir radicalmente em muitas questões, mas convergem todos no amplo consenso de que é legítimo e louvável, porque inevitável, o uso da manipulação como arma, da baixa emoção como alvo, da mentira como instrumento e do ganho imediato, seja econômico ou político, como meta.

Nessa distopia, todos revezam-se nos papéis de manipulador e manipulado, cada um tem duas identidades — Jekyll e Hyde. No lugar de um Grande Tirano, há milhares ou milhões de indivíduos cada um fazendo o que considera "o melhor possível" para ganhar a vida, atender a seus clientes, promover suas causas ou propagar suas verdades, mas para isso lançando mão das ferramentas do engodo e da irracionalidade — porque são as mais eficientes, no curto prazo.

Com isso, constroem um ambiente onde, sob um verniz de radical individualismo, o único homem possível é o "homem da organização" descrito por Huxley: que ama mais ao patrão ou ao cliente do que à própria mulher, capaz, ainda nas palavras do autor, de "'conformidade dinâmica' [...] e uma intensa lealdade ao grupo, um desejo incansável de se subordinar, de pertencer". E criam um ambiente onde a desonestidade discursiva, o apelo barato à emoção e o anti-intelectualismo são tolerados, quando não recompensados e, portanto, incentivados. É uma espiral rumo ao fundo de um poço sem fundo.

Em 1958, Aldous Huxley advertia que "os métodos que ora vêm sendo usados para comercializar o candidato político como se ele fosse um desodorante com certeza garantem que o eleitorado nunca ouvirá a verdade a respeito de qualquer coisa". Em nossa distopia, esses métodos aprofundam-se, ganham sofisticação e ora vendem não apenas candidatos e desodorantes, mas ideologias, "fatos", promessas de iluminação espiritual e, até, "verdades" que se pretendem "científicas".

Um mundo caótico onde a verdade e o argumento racional não têm nenhum valor intrínseco, mas apenas tático

— o verdadeiro só coincide com o bom e o belo quando nos serve —, é uma distopia em si e, mesmo que sob uma Constituição democrática, também é a antessala da tirania. Esse "Mundo Novo" nasce de uma grande corrida individualista e centralizada rumo ao caos, mas é provável que não permaneça assim por muito tempo. A destruição dos valores de primazia da verdade e da razão cria nichos na ecologia social, nichos que cedo ou tarde serão ocupados.

Vamos nos lembrar de que Hannah Arendt, em *Origens do totalitarismo*, já notava que as condições em que "as massas chegam ao ponto de, ao mesmo tempo, acreditar em tudo e em nada, pensar que tudo é possível e nada é verdade" são ideais para a assimilação da propaganda de lideranças autoritárias. A demolição dos escrúpulos no discurso público tende a produzir exatamente isso: um mundo onde todas as afirmações são igualmente verdadeiras, porque igualmente falsas.

Este mundo novo não requer uma droga para manter as pessoas felizes e dissolver eventuais episódios de angústia com a condição humana: basta a hipnose dos cliques e likes, o tilintar dos caça-níqueis de atenção, a irmandade que nasce das narrativas compartilhadas e do ódio compartilhado, dirigido aos que vivem em outras versões da realidade.

Evitar esse estado de coisas requer, como Huxley bem sugere ao final de seu livro, uma "educação para a liberdade", o que em termos mais comezinhos poderíamos chamar de treinamento do pensamento crítico e racional: das faculdades e instrumentos necessários para identificar argumentos inválidos e más razões, ainda mais quando vêm lubrificados pelo apelo ao ego e à emoção, por associações indevidas (como a construída entre iogurte e longevidade ou glamour). Mais do que isso, é preciso incutir um éthos social que veja esses subterfúgios como essencialmente errados — quando não, imorais. Não se trata de demonizar a emoção, mas de reduzir ao máximo a tolerância com seu uso cínico em circunstâncias e debates que, por sua própria natureza, requerem, para que possam prosseguir de modo honesto, fatos e razões.

Não é um processo simples. Assim como o domínio de um instrumento musical, o desenvolvimento do pensamento crítico é algo que apenas muito raramente se dá de modo espontâneo. Na maioria das vezes, requer treino, instrução e a adoção de hábitos específicos. Isso, tratando dos obstáculos individuais.

Para além deles, há os sociais. Huxley apontou vários em seu ensaio, incluindo o de que a normalização da desonestidade intelectual serve a interesses políticos, religiosos e comerciais importantes e poderosos; havia, em 1958, quem visse no combate a essa chaga uma tentativa de criar jovens "cínicos", quando se tratava (e se trata) exatamente do oposto.

Além disso, no mundo contemporâneo temos de lidar com o fato de que as armas que desejamos banir, ou de que gostaríamos que todos aprendessem a se defender, estão também *ao alcance de todos*. A questão aí não é apenas ensinar o público a se proteger contra as armas alheias, mas de convencer cada produtor de conteúdo individual — num mundo onde cada ser humano com uma conta em rede social ou aplicativo de mensagem é um desses produtores — a desarmar-se.

Um modo de conseguir essa utópica (e não mais distópica) pacificação universal seria produzindo a percepção generalizada de que os aparatos da mentira e da manipulação não funcionam mais. O que só poderia acontecer após a introdução do novo éthos no discurso público. Novamente, portanto, a educação para a liberdade assume um caráter fundamental, e chegamos a um impasse, um paradoxo: num mundo onde todos têm interesse investido no uso desses apetrechos, quem se proporá a disseminar as ferramentas necessárias para condená-los à obsolescência?

O problema não é muito diferente do tema da devastação ambiental, onde a resistência em abrir mão dos ganhos de curto prazo trazidos pelo consumo desenfreado de recursos naturais é obstáculo para sua preservação — essencial, se quisermos garantir que as gerações futuras não sejam condenadas a lutar para sobreviver num mundo em ruínas.

E o paralelo é perfeito: por mais que a devastação do senso crítico e a tolerância, amável e cínica, com a manipulação tragam ganhos rápidos, o desgaste acumulado que geram na sociedade e nos espíritos aponta para um futuro sombrio. Se somos, enquanto sociedade global, capazes de discutir e pactuar formas de reduzir nossa pegada de carbono, nossa voracidade por madeira, carne e petróleo, por que não poderíamos reduzir nossa pegada de complacência intelectual e de falsidade? De fato, a redução desta segunda ajudaria, em muito, a resolver o problema da primeira.

Não será um processo indolor. Muitas ilusões acalentadas por milhões serão incapazes de resistir ao olhar bem informado e bem preparado de gerações educadas para esperar lógica e fatos daqueles que buscarem convencê-las a votar assim ou assado, a comprar isto ou aquilo, a pensar deste ou daquele jeito. Fatos e lógica, não tergiversações, argumentos fúteis de autoridade ou slogans altissonantes. Instituições, tradições de pensamento e indústrias virão abaixo, seus alicerces cortados sem piedade. Não vai ser indolor. Não vai ser fácil. Mas é necessário.

A grande ideia original de Aldous Huxley em seu romance de 1932, *Admirável mundo novo*, a de uma tirania construída não sobre estímulos negativos, como a ameaça de tortura e a pressão de uma vigilância constante, mas sobre prazer e recompensa (e manipulação genética), funciona muito bem como uma alegoria avant la lettre da sociedade de consumo de massa que se desenhava quando ele publicou este *Retorno*, e ainda mais da sociedade de consumo de massa amplificada por estímulo digital instantâneo em que nos encontramos — sem que, aqui no mundo real, nenhuma manipulação genética fosse necessária. Seu azedume com a assimilação das técnicas publicitárias comerciais à política e ao diálogo democrático foi mais do que presciente. A troca do debate substantivo pela mera persuasão a qualquer custo, que o autor tanto temia, não só se concretizou como é aceita de modo tácito: críticos do processo, não raro, são vistos como figuras ingênuas, quixotescas, ou moralistas vitorianos.

Outro escritor britânico que também se dedicou tanto à ficção científica quanto ao debate de questões sociais, e também muito preocupado com as tendências para o futuro que discernia em seu tempo — na geração anterior à de Aldous Huxley —, H.G. Wells escreveu, ao final de seu volume de 1920 *História universal*, que "a história da humanidade torna-se, cada vez mais, uma corrida entre a educação e a catástrofe". Uma geração depois de Huxley, Carl Sagan (que além de atuar como divulgador de ciência e cientista, também escrevia ficção científica) apontava, em *O mundo assombrado pelos demônios*, de 1995, que "cedo ou tarde esta mistura combustível de ignorância e poder vai explodir na nossa cara".

Wells falava em educação de forma geral e Sagan, sobre o ensino das ciências e do modo de pensar típico do fazer científico, marcado por cautela e ceticismo, dois componentes necessários da "educação para liberdade" de Huxley. Não podemos dizer, portanto, que tenham nos faltado avisos. Se marchamos para a distopia, é com olhos bem abertos — mas, talvez, distraídos demais em nossas telas multicoloridas.

Carlos Orsi é jornalista e escritor, editor-chefe da revista Questão de Ciência *e fundador do instituto de mesmo nome. Foi editor de Ciência e Meio Ambiente do Portal Estadão, repórter especial e colunista da* Revista Galileu *e do* Jornal da Unicamp. *É autor de diversas obras de ficção científica e de divulgação da ciência, incluindo* Ciência no cotidiano, *em parceria com Natalia Pasternak, e* O livro dos milagres.

ESTE LIVRO, COMPOSTO NA FONTE FAIRFIELD,
FOI IMPRESSO EM PÓLEN NATURAL 70G, NA BMF.
São Paulo, Brasil, outubro de 2022.